動態英語文法

Essential Grammar for Communication

阿部一　著　　張慧敏　譯

三民書局

前　言

　　大多數的國人在學習國際共通語言 —— 英語時，多半認為學習的關鍵就是要不斷地接觸英語、多背單字、片語或是文法概念吧!? 針對這一點，有些外國教師曾提出警訊，認為國人學英語都只注重分析文法結構或是死背單字，而沒有深入體會英語本身的含意，所以真正學得好英語的人並不多。的確，我們並不否認在日常生活會話中，一個單字甚或單句是有達到溝通的目的，但那畢竟只是讓你置身在以英語為主的語言環境中，得以生存下來的最基本條件而已，所以我們只能形容那樣程度的英語為「保命丸」 (survival English)；而我們現在該做的，就是想辦法提升這顆保命丸的品質，讓它升格為「仙丹」。

　　小孩子天生學習能力強，他們在學外國語言時，可以連同單字、音調，甚至表現的方法一起全部記下來；但大人卻已失去那種天賦，如果繼續沿用舊式英語學習法的話，很容易遇到障礙。這時，如何幫助大人利用有限的記憶力學會舉一反三，延伸含意，並且充分活用每一字一句，這裡面有個訣竅，那就是「文法」。

　　別以為這裡我說的「文法」，就是指以前大家在學校學到的文法，那可是大不相同的。以前學過的文法，充其量只能說是靜態的 (static) 規則說明，並沒有提到任何與實際狀況或場合等意識型態有關的解釋。但仔細想想，我們每天日常的生活作息，都是藉由人與人之間的溝通來完成的；換句話說，也就是動態的 (dynamic)溝通模式。所以很顯然地，我們要學的應該是後者，也就是可以保持律動、根據實際狀況適度加以調整的文法。它不該只是用來作為分析文字資料的工具，而是可以幫助人在現實狀況下，將自己想表達的意識適當地傳達給對方，如此的文法才真正具有實用價值。

其實更嚴格地說，語言不該只是傳達的工具，它同時還是一項富有創造力、連結人類「內心世界」與外在「社會環境」的美好事物。

撰寫本書的目的，就是希望藉由我們提供豐富又鮮活的例句，讓大家瞭解何謂靈活的文法，同時又該如何抓住活用的竅門。正如同語言學家 E. Sapia 說過的：「語言，是人類在現實生活中一切行為及經驗的真實投影。」學習語言的第一要務，應該首重在生活上的實用性。

有了這樣的觀念，今後在學習文法時，相信你再也不會不分青紅皂白、一股腦地死背規則，而能換個心態，改成用理解的方式。「啊！原來如此！我確實有過這樣的經驗。」或是「沒錯！沒錯！這樣的用法的確很合邏輯。」細心體會英語規則及構造，然後加以歸納、整理，創造出自成一派的學習心得。

衷心地盼望讀者能夠融會貫通本書的內容，體驗一趟愉悅而有活力的學習之旅。

編撰本書時，受到了相當多前輩的指導及關照，在此由衷地感謝。其中特別感謝提供寶貴經驗的田中茂範先生以及協助蒐集資料的吉成雄一郎先生。此外，本書部分的資料，是作者任職外國語言教育研究所主任研究員時，於 1990-1993 年得到私立振興財團學術研究機構所提供的經費，而得以共同完成的研究報告，在此一併致謝。最後，也要感謝研究社的衫本義則先生在出版期間的鼎力配合，內心由衷感激。

1998 年 3 月
阿部一

　　為了讓讀者能真確地感受在日常生活中語言的傾向及實際使用的次數，本書多方採證了調查語言使用頻率的研究書籍及報告，包括：

口語（日常會話）版本
1.美國中西部餐桌會話（約 12萬句）
2.美國東部商用會話（約 8萬句）
3.美國電影對話內容（約 50萬句）

文字版本
1.美國國內發行的報章、雜誌（約 200萬句）
2.美國國內發行的目錄（約 12萬句）

混合版本
國際英語圈的文書資料、電子郵件（約 1億 2000萬句）

動態英語文法

目　次

前　言

第 IX 章　讓句子活起來
###　　　　—— 形容詞和副詞　　　　　　　　　　145

第 X 章　思考英語的修飾用法　　　　　　　163

第 I 章

思考英語的空間概念
──玩味介系詞的樂趣

1.　看事物的角度東西方不同

　　「太陽從東邊升起，自西邊落下」的英語要怎麼說呢？學過英語的人大概都曾經寫錯，要不就是不知如何作答。如果你也是以中文字面意思直接翻譯的話，很容易便會犯下面的錯誤：

The sun rises **from** the east and sets **to** the west.

其實正確的說法應該是：

The sun rises **in** the east and sets **in** the west.

　　由此可知，中文的「從～」和「到～」未必一定等於英語介系詞的 from 和 to。知道答案不是問題，但是要如何理解呢？這就得靠老師說明的方式和學生自己的想像力了。如果教書的人只是單純地告訴學生「不可以一看到中文的『從～』就直接翻譯成 from，這個句子中的 in 是個特殊用法，要特別注意」的話，我想學生是沒有辦法真正理解原因何在的。

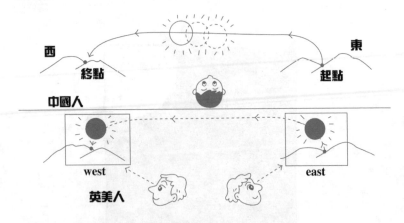

　　現在就讓我們具體地觀察太陽的運動，因為這正是解開謎題的重要關鍵所在。首先要解釋的是，不論身處中國、美國還是英國，太陽都一樣是從東邊升起、西邊落下。但有趣的是，中國人認為「太陽是從東邊這個起點開始出發，然後持續地向西邊移動過去」；而歐美人卻認為「太陽是在東邊這個方位升起，然後在西邊那個方位沈下去」。

　　換句話說，因為對同一件事物「擷取角度有所不同」（概念化），所以當想法轉換成文字語言時（言語化），結構上自然也出現差異。如下圖中所顯示的，中國人認定太陽的升起和下沈只是整趟旅程中的部分行程，所以升起點東方便成為旅程的出發地，而下沈點西方則是旅程的終點，這個想法正與「從臺北到高雄」這樣的意念不謀而合，所以中國人會把它翻譯成 from 和 to，一點也不令人意外。

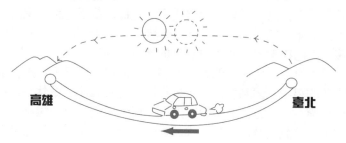

　　如果歐美人也用 from 和 to，那麼我們便可以確認他們的想法和我們是一樣的。然而，語言這個有趣的東西不是這麼容易捉摸的，至少就太陽的升起和下沈這一點，歐美人和我們的認知就有很大的差異，所以才有語言說法上的出入。對有心要學好外語的人來說，瞭解認知和語言結構的關連性可是相當重要的一個觀念喔！

2. 對成人最有效的「道理」學習法

a. We walk **to** the direction of Taipei Station.
b. We walk **in** the direction of Taipei Station.

「往臺北火車站的方向走去」，現在你知道正確答案應該是哪一個了嗎? 對了，就是 b。如同前一例句的解釋，歐美人並不認為是走到 (to) 火車站這個終點站，而是「在火車站這個方位的空間內行走」，所以 direction 是用 in 而不是用 to 修飾。每個用字的背後，其實都代表著說話者的認知，瞭解這箇中道理，學習絕對更有效率。

　　本書所要闡述的英語文法，是將以往已經被公式化、分類化的英語規則，以一種嶄新的方式重新詮釋，希望能讓大家撇掉腦海中已經定型的「真理」，自然而然地在英語的世界中發現問題之後，自己探索出英語本身真正的奧妙所在。

　　藉由發現一連串的問題及解答，相信舉一反三再也不會是多麼困難的事了; 因為各位一定會自發性地推論出「既然～，那麼同理可證～」，而且還可發展出更多更生活化的英語素材。如果各位都能達到這樣的境界，那就實在是太美好了! 這就像是玩拼圖遊戲一樣，拼了一塊之後，很自然地你就知道接下去要拼哪一塊。「英語的遊戲規則就在那裡，只看個人用什麼態度面對它，用什麼方式去活用它。」請相信，這就是對我們這些已經脫離中學年代久遠的成人來說，最能發揮英語學習能力的不二法門。

3. 為什麼說 on the farm 比 in the farm 來得自然

　　前面提到 in 的原理，其實不光只用在箱子或是房屋等具體的立體空間內，我們同樣可以將它延伸到「原野」 (field/farm) 或

是「街道」(street/road) 上。

可是各位一定會覺得好奇，為什麼講 field 就一定是 in the field(s)，而 farm 卻變成了 on the farm？road 一般都說成 on the road，而 street 卻同時可以說成 in the street 和 on the street 呢？現在我們就根據事實的狀況提出有系統的說明。

首先，先來瞭解一下 field(s) 和 farm 的差異。前者 (fields) 是指草原（或指放牧草原），而後者 (farm) 則是指專為農業或畜牧用的農地。在 field(s) 上通常遍佈著濃密的雜草，當人或動物在那裡的時候，順理成章地就會有「在草堆裡」的感覺；尤其當用到複數形 fields 時，這種感覺更是明顯。順帶一提的是，要形容一片茂密的草原時，可以用 the thick fields 或 the thick grass；同樣地，在這樣的空間裡，當然還是要用介系詞 in。不過，當我們講棒球場 baseball field 時，則又另當別論了，因為球場上隨時都有人在整理打掃，一定不會有雜草或其他障礙物的出現，因此這時我們就會改用 on 來表示人站在球場上。

另一方面，當我們講 farm 時，就一定會有 farmer（農夫）的存在。farmer 辛勤開墾 farm，使之成為一片廣闊而不雜亂、沒有雜草叢生的空間，所以相當符合我們用 on 的概念。（但是，如果要專指農夫在自己的農地上工作，有那種置身在屬於自己空間裡工作的感覺時，用 in the farm 這樣的說法當然還是可以被接受的。所以要表達人類微妙情感的方式，光靠死板的語法來說明是比較困難的。）我們就舉個實際的例子來看看吧！

Sometimes farmers are out **in the field**, they, they hear things, you know? —— *Field of Dreams*
（你可知農夫有時走到田野，他們，他們會聽到一些聲音？）

Back down there **on a farm** above Macon where I come from. —— *Driving Miss Daisy*
（我就是出身於馬康附近的農場裡。）

依照上述的思考邏輯，on 和 in 應該是個別另有所指的，那麼為何 street 有時可用 on，而有時又可以用 in 呢？由客觀的角度來看，street 是由人所開闢、並且定期保養、清掃，以方便人群和車子在上面通行來往的開放空間，所以可以和 road 一樣說成 on the street。但換個角度想，road 通常是指郊外、有空間感的道路；而 street 則是指市街上一條一條的開放道路。如果只強調道路本身的話，當然可以用 on；但如果連道路兩旁的建築物一併考量進去的話，人群和車子可說是被兩旁高聳的建築物所包圍，這時用 in 就可以表達出立體空間的感覺了。也就是說，可以依據說話當時所要表達的觀點，來決定要用「位於表面」的 on，還是「置身空間」的 in。

同理可證，區分 ground (playground) 和 lot (sandlot) 也是依據相同的觀念。前者是指郊區學校的大型運動場，在這片寬廣的開放空間上，當然就是用 on；而後者是指街道中的某一塊空地，附近也許住宅建築物密佈，也許這塊空地本身就不大，所以用 in 來搭配是相當合適的。

既然我們提到寬廣的場所，那麼就進一步再來談談高速公路的狀況。在美國，高速公路都是一路到底、暢行無阻的平坦道路，因此順理成章地用 on 來搭配，所以我們聽到的一定是 on the freeway, on the expressway 或是 on Route 66。

同樣地，在美國大學校園中，通常都蓋有幾座校舍及教室，但以整個廣大的校園腹地來說，應該還是用 on (the) campus。此外，描述在一望無際的平緩山丘上時，便用 on the hill；而在一片茂密的森林裡時，則是用 in the wood(s) 或是 in the forest(s)。

分析到目前為止，或許我們可以下一個大膽的結論，那就是「與其說是靠語言本身自有的含意來解釋它的用法，倒不如說是人們憑著累積下來的經驗和感覺，賦予語言一種可以適度反應真實狀況的功能。」例如，當我們看到一位仁兄坐在椅子上時，如果看到他是深深地坐在椅子裡，且感覺與整個環境空間緊密結合

在一起時，我們便可講他是 in the chair；但當我們感覺他只是輕輕地接觸到椅子的話，那我們便會改用 on the chair 了。所以，你也就應該可以理解，為什麼當我們說 armchair 時會用 in the armchair；而 stool 則是用 on the stool 了。

4.　含意要如何延伸

　　現在我們將前面所解釋的觀念，再做更進一步的延伸。想想看「布朗先生去年出車禍死掉了」這句話轉換成英語該怎麼說？相信大部分的人都會說成下面的句子：

Mr. Brown died in a traffic accident last year.
Mr. Brown was killed by a traffic accident last year.

　　感覺好像都對吧?!從中文的角度來看，「死亡」譯成英語就是 die，而 was killed 則是它的被動用法，所以緊接著後面就要加上 by，以說明是什麼原因而造成死亡。這樣的解釋聽起來相當合理且自然，但是請注意，這終究是從中文的角度來分析的，結果究竟正不正確呢？請先看下面正確的用法：

Mr. Brown **was killed in** a traffic/car accident last year.

　　在歐美人的觀念中，車禍的死亡與老死或生病死亡是不一樣的。在無法預測的事故或災害中死亡者，會被認為是遭到殺害 (killed)；而老死或生病死亡則為 die，所以我們很少會聽到歐美人說 Mr. Brown died...in a car accident/clash.

　　另外，在上面正確的例句中，使用了介系詞 in，道理與之前敘述的相同，也就是為了要強調在那場車禍 (a traffic accident) 中，發生了不幸的事件，所以又是另一個要表現「場所空間」的用法。

　　經由上面的解釋我們不難發現，in 的基本含意雖然是「在

容器般的具體範圍內」，但所適用的對象卻不限於物理現象的空間，它同時還可以延伸到社會的、心理的無形空間上，關於這一點，希望大家能特別留意。

「你擋到了我的路！」

話中有話。

You are **in the way**!
You're **in my way**.

單從第一句例句的字面意思來看，可以說是既具體，也抽象。說話者略有所指地向對方提出「你站在（我）正前方的路上」，其實真正的意思是「你擋到了我的路」。第二句的說法則較直接，你既然擋到我的路，想當然爾，得請你讓開 (out of)，意思就是：

Get **out of** my way.

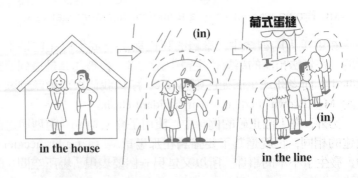

in the house   (in)   葡式蛋撻   (in)   in the line

如上圖，房子是有形的空間，所以「在家裡」可以說成 in

the house; 但是「在雨中」(in the rain) 和「排隊」(in a line)
則沒有相當具體的物件, 因此這時就要像 a traffic accident 以及
先前提到的例子 (field 和 street) 般, 不僅說話者要發揮想像力,
就是聽者也是一樣。

5. in 和 on 的基本用法

講述到此, 讓我們把 in 和 on 的用法, 做個綜合的歸納。

• in

in 是個使用頻率相當高的介系詞, 從它代表的基本含意「在
立體空間之內」所衍生出的用法也都有規則可循, 是很容易讓人
理解且印象深刻的一個用法。

in 的用法出現最多次的是字面上的「在～裡面」, 這個用法
佔了 in 所有用法的 30%, 可說是最典型的一個用法。從中我們
可以再引申出「納入」的狀態或是限制的意味。

就拿 You're in. 這句話來說吧! 它最基本的意思為「你人在
裡面」的狀態, 加入上下文後可以解釋如下: 「你可以進來」、
「你成為正式一員了」、「你跟得上流行」等。(它的相反句是
You're out.) 此外, 當它和動詞 lock (鎖) 或 push (推) 等一起
使用時, 則帶有「關起來」或「塞進去」的語意。

The police **locked** BoRunda **in** the federal penitentiary.——
CBS News

(警察將 BoRunda 關進聯邦監獄內。)

早在 60～70年代時, 當美國境內持續出現反越戰運動時,
曾流行過如 teach-in, sit-in, sleep-in 等用語, 意思就是人們在學
校、馬路上或是在床上靜坐, 以示對社會體制的抗議。原本它們
只是〈動詞 + 介系詞〉的結合, 但因其特殊的含意, 逐漸就變

成了一種慣用名詞。

● on

　　on是個隱含「接觸」意味的介系詞，最常見的用法為「在～之上」、「接觸～的表面」，幾乎佔了所有用法的 20%。

　　在國人的認知觀念上，覺得「掛在牆上的畫」和「放在桌上的書」這兩者是屬於不同的空間，前者為「掛在～」，而後者為「在上面」，所以對於為什麼英語都是用 on 會覺得很奇怪吧!?其實說穿了，歐美人的想法很單純，他們覺得這兩者都是指「個體和個體間的接觸」，所以應該歸為同一類，都是用 on。

　　a picture **on** the wall
　　a book **on** the table

　　若是將 on 與動詞結合一起使用，如 come on, go on 或是 move on 等，純粹就使用頻率來說，它就佔了全部用法的 35%，可說是使用頻率最高的。這裡的動詞片語基本上是表示 come 或是 move 維持接觸 (on) 的狀態（即線狀接觸），所以有延續動作的意味。但依據不同的動詞，持續動作也有所分別，如 move on 或 go on 是一直往前動的感覺；而 beat on 則是指動作重複不斷的意思，相信各位應該可以區分得出來。

　　此外，當句中同時有兩件事物或人物出現時，根據接觸的方向或是彼此間的關係，應該可以很清楚地瞭解是何者依附在何者之上。舉個簡單的例子， Stand on your head. 直接照字面意思便可瞭解這句話的意思為「倒立」。接下來所舉的幾個例句，在 on 之後即緊接著受詞，這些受詞也就相當於 on 的「支柱」。

　　We're **counting** on you.
　　（我們對你有所期待。）
　　It **depends on** Iraq.

（全看伊拉克了。）

Did you rely on Mary?

（你信任瑪莉嗎？）

依照字面意思，信賴、依靠某一個人時，除了 rely on 之外，也可說成 rely upon。其中的 upon，當然就是 up（上）+ on 所結合而成的。

6. 如何區分 in, on 和 at

如下圖箭頭所示，中文分別為「轉角」和「角落」兩種說法。

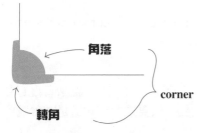

在英語來說，不管單從字面意思或是觀念上來區分都沒有差別，兩者都稱為 corner。但是我們卻又常看到例句有 at the corner, in the corner, 以及 on the corner 三種用法，究竟是怎麼一回事呢？

簡單地說，中文和英語不同的地方，就在於英語是利用名詞之前各種不同的介系詞來區分所在的位置。

我們經常會聽到「轉角的雜貨店」這樣的說法，這時的「轉角」，因為是指特定的定點，所以便採用有「接觸空間感」的 on 來敘述，整句話翻譯成英語為：

The drugstore is on the corner.

另外，我們常聽到歐美人說 at the corner，這究竟是指「內角」還是「外角」呢？一般說來，大部分都是指「外角」，也就是「轉角」的意思。

I met an old friend of mine at the corner of the street.

（我在街上轉角處遇到了老朋友。）

Let's park **at** the corner.

（把車停在轉角吧！）

英語 at 這個介系詞可以說是用來形容空間時最抽象的基本單字，光憑 at the corner，我們很難確切地斷定說話者是指「角落」或是「轉角」，得完全看說話當時的狀況來決定。如果要強調所指的是「角落」，也就是「內側的空間」時，就必須改用 in。

a. Why don't you stand your umbrella **in** the corner?

（為什麼不把你的傘立在角落？）

b. In the morning I had my breakfast **in** a corner of the hotel dining room. ── *Ambassador*

（早上，我在飯店餐廳內的一隅用完了早餐。）

b 句中的 in a corner，用 a 而不是 the，因為說話者沒有要特別指出在餐廳的哪一個角落用餐，只要讓對方知道是在餐廳內即可。

此外，當要指明是在外側的「轉角附近」時，用 around the corner 可說是相當符合的。

7. 會話中最常使用的 to 和 of

在日常會話中，最常用到的介系詞為 to。因為它除了作介系詞用之外，還有不定詞 to 的用法。但如果不將 to 的不定詞用法算進來的話，日常會話中使用頻率最高的介系詞則非 of 莫屬了。

● **to**

　　to 純粹被拿來作為介系詞的部分佔全部用法的 60%，另外 40% 則為不定詞所包辦（請參照第 106 頁）。而 60% 的介系詞當中，又屬 go to 的用法最為頻繁。例如命令句 Go to... 的用法就相當常見。

　　另外一個也相當常見到的句型為 give to 或 send to。

Give it **to** her.

　　這種命令句型的「給～」幾乎佔了 to 全部用法的 10%，算得上是相當重要的句型。（ give 的句型請參照第 83 頁。）

　　總之，to 一般給人的印象是，位於 to 前面的名詞朝 to 後面的名詞（目的地）移動。如果再參照 face-to-face, correspond to 等例子，則除了移動外，另外還有和目的地相對的含意。

● **of**

　　使用 of 的句型相當多，而且都是從同一個觀念所延伸出來的用法。儘管表面上看似獨立的用法，但實際上它仍源自相同的原始觀念，所以彼此間還是有相互的關連。

　　介系詞 of 和名詞結合的用法相當多，常見的有 a man of (few words) 或是 a part of (everyday life) 等特定的用法。關於數量的固定說法也有 a lot of 和 a number of 等。

　　此外， (a) kind of...（口語唸作 kinda）和 (a) sort of...（口語唸作 sorta）的用法，在日常會話中也聽得相當多，幾乎佔了全部用法的 20%。這是因為它本身的曖昧表現，讓說話者在不想明示、或是不甚瞭解的情況下，多了一種掩飾性的選擇。

I...**kinda** like that girl...um yeah...She is **kinda** classic, you know. —— *Beverly Hills 90210*

（我⋯⋯好像有點喜歡那個女孩⋯⋯嗯⋯⋯你知道的嘛！她蠻有氣質的。）

其次，one of them 或是 all of us 這種通俗的用法，也佔了約 20% 的份量。

What if you murdered all of us?

（如果你把我們全殺了會怎麼樣？）

說到 of，我們就拿它與 off 來做個比較（請參照下圖圖例）。其實兩者本質上屬於同源，都是指從母集團中脫離出來的小集團，唯一最明顯的差異就在於 of 是指「從母體中脫離出來，但仍以某種形式與母體保持聯繫」；而 off 則是指「與母體脫離之後，完完全全脫離關係」。

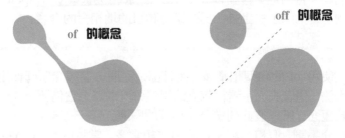

所以 one of them 是指他們其中的某一位，且這位仍屬於他們全體中的一份子；而 a ship off the coast 則是指船駛離了海岸，不再與海岸有所聯繫。

在此順道一提，不久前在國內電影界刮起一陣旋風，由史蒂芬・史匹柏所導演的電影《侏邏紀公園》中，曾經有過這麼一句話：

On an island off the coast of Costa Rica...

（在一座遠離哥斯大黎加海岸的島上⋯⋯）

說明至此，相信各位應該可以較明確地瞭解 on, off 和 of 之間的差異性了吧！

另外有一點想特別提醒大家的是，因為 of 是指從母集團中分出小集團這樣的一個概念，所以原則上整個集團的構成成員應該屬於同性質。因此英語中的最高級 the best student of/in... （～當中最好的學生）這句話中，何時該用 of? 何時該用 in? 這中間的原則就是如果句子後面跟著表示空間（也就是場所）的名詞時，就用 in; 如果要強調在某個團體中最優秀的學生，也就是 one of them 這樣的概念時，理所當然就是要用 of 了。（英語最高級的用法請參照第 153 頁。）

8.　over, above, about, by 和 for 的用法

• over/above

在表示空間的介系詞當中，概念簡明易懂的不在少數。除了之前我們已解釋過的之外，另外像意指「覆蓋在某物之上」的 over 就是其中之一。譬如冬天穿的 overcoat （外套），或是穿的時候要從頭上套下的 pull-over （毛衣），都是由人類生活經驗中得出的名詞。 Overcoat 意味「覆蓋在平常穿的衣服外面」，而 pull-over 則是「從上往下罩，一直到覆蓋住身上」。（毛衣 pull-over 為穿衣的動作直接名詞化而成。）

所謂的「覆蓋」，必須是物體體積比被覆蓋的對象來得大，或至少也要相等，才足以稱得上是覆蓋。所以當你看到 a bird over the river 這句話時，就不該認為它是指小鳥覆蓋河川，因為小鳥比它要覆蓋的對象要小得多；這裡應該單純地解釋為「上面」或是「上空」。

當然囉！介系詞 above 也是指「上面」，但比起 over 不限距離的「上」來說， above 的高度可就有所限制了。最典型的句

型如 above sea level（海平面之上），就是意指在海平面正上方一點點的高度。

　　相反地，與其說 over 是在說明高度，倒不如說是延續前面「覆蓋」的意味，強調「從這裡一直到那裡」的一個方向連續性，因此許多的應用句型就從「距離感」和「連續動作」這兩個概念下發展出來了。例如，Over there. 這句話，就有「從說話的地方算起一直延伸到對面」這樣的距離感；而 over the mountain 則可以解釋成「越過這個山頭到對面（的城鎮）」，或是「（飛機）飛越山頭」這樣的意思。

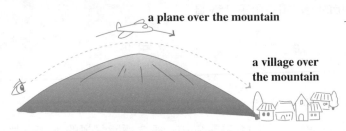

a plane over the mountain

a village over the mountain

● about

　　前面我們敘述過 on 的用法，就是「接觸表面，尤其強調所接觸的『點』」。與 on 比起來，about 的限制可就寬鬆多了，它泛指在標的物附近一個概略的範圍。例如準時，英語說成 on time，而差不多的時間則為 about time。再譬如 high-rise buildings about the park 則是形容「座落在公園四周的高聳建築物」。因此當我們聽到 walk about 和 talk about 這樣的說法時（這裡的 about 為副詞），腦子裡立刻浮現的應該是「漫無目的地隨便晃晃、聊聊」這麼一個意念。

● by

　　較之 about 的「周圍、附近」，by 則指「旁邊」的意思。

如 Stand by me.（站在我旁邊／支持我）或 side by side（肩併肩）等，都是經常聽到的句子。此外，如果把上面的例句 high-rise buildings about the park 中的 about 改為 by, 意思便為「緊臨公園旁的高聳建築物」。現在再請各位想想 Seven by nine 是什麼意思呢？「9 旁邊的 7？」答案就是指尺寸，長 9 公分、寬 7 公分，你答對了嗎？

「對了！」

日常會話中，我們經常會聽到 by the way 這句話，通常我們會翻譯成「對了！」就像平常遇到朋友打招呼時，都會講這麼一句「對了！你家人都好嗎？」因為已經是一句口頭習慣語，所以不會覺得很突兀。但歐美人並沒有這樣的習慣，所以如果突然蹦出這麼一句話，對方會感覺很奇怪的：

By the way, how's your family?

因為這裡的 the way 指的是「現在正在講的話題」；而 by 指「旁邊」，所以整句話便有「稍稍離題」的意味。因此如果是話鋒一轉，講的事情跟原有話題無關時，是不能使用 by the way 的。

看到 by, 是否會讓你直接聯想到被動式的用法呢？猛然一想，「被動式」的用法和「旁邊」應該是不相干的啊？!為什麼都用 by 呢？事實上，我們還是可以找出他們彼此間相關連的部分。例如下面例句中，was killed（被殺：結果）發生時，his wife（他的妻子：行為者）其實可以看做就站在一旁的，不是嗎？（參照第 177～179 頁，其中就有關於被動式的詳盡解釋。）

Mr. Collins was killed **by** his wife.

• for

在所有介系詞中，for 的用法可說是獨佔鰲頭的。

Can I have your autograph for my wife?
（我能替我太太要一份您的簽名嗎？）

在實際的日常會話中，以上例「為了～」、「要求～」的用法佔最多，為全部用法的 28%。
次多的為「代表～」、「交換～」的用法，佔了 17%。

That'll be 30 dollars and 65 cents for the stationary.
（文具費用總共為 30 元 65 分。）

不管 for 所表示的各別意思為何，但原則上均有一個共通點，那就是視接在 for 後面的名詞為目的地，然後一點一點地朝著它前進。這種挪移的感覺，同時也表現在空間的距離感及時間感上。例如：

The child is trying to reach for the moon.
（那小孩正嘗試著要抓到月亮。）

是不是有感覺到那小孩正慢慢地伸出手想抓住月亮呢？這是因為 for 發揮了它「緩慢地朝目的地挪移」的那種時間感及距離感。相同的道理，當我們講 for two hours 或 for the summer 時，也可以體會出那種感覺。例如 for the summer 和同樣指「夏季期間」的 during the summer 之間就存在著差異 —— during the summer 是將 the summer 視為一個整體時間，所以當對方問「何時？」時，一般回答 during the summer；而 for the summer 的時間則是漸進、分散式的，感覺較像是對方問「前後總共要幾天？」時，回答者一邊回答著...for the summer，一邊在扳手指頭算日數呢！

　　for 除了多和名詞相結合外，和動詞組合的機會也相當多，如
look for（尋找～）, ask for（要求～）, start for（向～出發）,
wait for（等待～）等的動詞片語，佔了 for 全部用法的 15%；
但是 for「為了～」、「要求～」所修飾的對象仍為緊跟在後面
的名詞，這點是不變的。

9.　with 的用法及其發展性

　　當兩件事物或兩個以上的人彼此間有共存或依附的關係時，
最典型且最常被用到的介系詞便是 with。 with 不論是在具體或
抽象的用法上都相當多，範圍也相當廣泛，其中讓人印象最深刻
的便是作為「工具」的用法。

Cut it with a knife.

（用刀把它切下來。）

　　如上面例句所見，with 常和具體的（實物）工具連用（所
以在這裡要加 a），因為人工作或動作時，是連同工具一起進行
的。（因此，如果是不小心割到了手，就必須改成 He cut his
finger **on** a knife. 而不可以用 with。）這種表達「工具」用法的
with 佔了全部用法的 23%，但有一點要注意的是，如果後面的
工具事實上指的是材料，這時便不可以加上冠詞。

We made sandwiches with ham and lettuce.

with 次多的用法為「和～一起」。

Come with me.

（跟我來。）

　　除此之外，像 go with 或 take...with 等與動詞一起結合的用
法也相當常見。這個 with 和之前的「工具」用法不同，指的是

另一物跟隨某物的狀態，如 I'll go with you. 這句話即含有「我會跟著你一起走」的感覺。因此如果把「Tom 和 Mary 結婚」說成 Tom married with Mary. 可是會鬧笑話的喔！想想前面我們解釋過 with 為「跟隨」的觀念，所以這句話就變成了「Mary 跟著 Tom （和某人）結婚」，那不是很奇怪嗎？會講出這句話，那應該是在「Tom 帶著女兒 Mary 娶了第二個妻子」的情況下才對。所以正確的說法應該是 Tom married Mary. 或是 Tom was married to Mary.

另外一種較常聽到的用法為「附帶」，例如下面的句子：

I'd like the chef's salad **with** oil and vinegar.

（我要吃加油和醋的主廚沙拉。）

分析一下這個句子的結構，它的內容重點就如同它的書寫順序「由左至右」一樣。重點字眼在名詞「主廚沙拉」這個字上，說話者想告訴對方「我想吃東西，那個東西叫主廚沙拉」；接著他再利用 with 來補充「我點的沙拉是有指定的 (the)，它必須是由油和醋所共同調製而成的」。

要注意的是，這裡的 with「附帶」，同樣也隱含了 with 的基本含意「共存、共有」。先是「沙拉和油跟醋是共同存在的」，然後再根據經驗、常識解釋成「在沙拉上拌入油和醋」這樣一個概念。

介系詞的用法說明至此暫告一個段落。

第Ⅱ章

思考名詞的「個」
—— 冠詞和數目

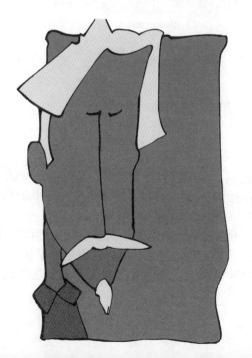

1. in front of 和 in the front of

我們延續之前所強調的空間概念，把焦點放到一棟房子上面。「家裡面」的英語為 in the house，我想各位應該都沒有問題；但如果要詳細敘述房內陳設如「廚房在房子的前方～」，請看下面的句子：

Our kitchen is **in front of** the house...

會說出這麼一句話的人，他家肯定相當大，就是那種廚房獨立出來、或是在家裡前院內有烤肉、煮菜等廚房設備的家。但我想，當說話者說出「廚房在房子的前方～」這句話時，意思應該是指「廚房在房子的裡面」，所以正確的說法應該是 in the front of the house。

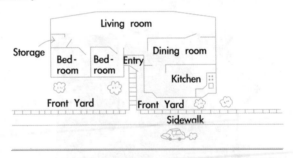

對國人而言，似乎會覺得很疑惑，為什麼差一個 the，就會有這麼大的差別呢？又為什麼正確說法是 in the front of the house，而非 in front of the house 呢？

因為對一個家而言，裡面所有的設施或陳列物都應該附屬在建築物內，廚房當然也不例外；既然是限定在屋裡，所以就要加一個定冠詞 the 來限定它在內部空間的事實。也就是說，the 是

用來限定某種具體的物件，而 in front 則是抽象性的形容家前面的一塊空間。其實只要我們把這兩個句子用括弧括起來，相信各位馬上就可以一目瞭然，瞭解他們之間的差異性：[in front of [the house]]、[in [the front of the house]]。

2.　in the hospital 和 in hospital

先前瞭解了在 front 前面加或不加一個 the，就可分辨出具體和抽象的差異，這類的例子相當多，等多看幾個以後，你將會發現更多有趣的現象。譬如我們說「去上學」，英語說成 go to school，你會發現在 school 前面並沒有加定冠詞 the。因為他們認為 school 並不只是個具體的建築物而已，還包括了很多無形的事物，如教職員、學生社團、課程以及測驗等等。所以 go to school 並不僅是指「具體地走向校舍這棟建築物」而已，還應該包括了「上課求知識、體能運動、吃飯……」等等無形的活動。由此我們可以得出一個結論，那就是「含有抽象活動意識的句型，不用加定冠詞 the」。

但是當我們講到「上大學」時，原本應該是 go to a university 的，早先意識到大學校園是一個具體的地方，但或許是受到 go to school 和 go to college 的影響吧！現在已經不再加 a 這個不定冠詞，而以 go to university 來表現上大學唸書這樣一個抽象的觀念。

同樣的道理，「上教堂做禮拜」說成 go to church，是因為它包括了去祈禱、望彌撒等活動，所以不加冠詞。但如果只想單純地敘述到教堂這棟建築物內的話，就要加 a 或是 the 了。我們舉個實際的例子，在電影 *"Die Hard II"*（終極警探 II）中，有這麼一句對白：

Go back to **the** church now!

這時的情景是恐怖分子將教堂視為活動的基地，所以叫同伴回到那個地方去，這裡一定要加 the。因為如果說成 go back to church，就會變成叫對方回教堂做禮拜、望彌撒，而不單只是走回教堂那個地方而已。

另外，當我們講某人因病住院時，英語為 go to hospital；而強調已經住院時，則用 Ms. Ford is in hospital.（在語法上，英國人不加定冠詞；而美國人可加可不加，但多數使用者都會加。）

這裡的 in hospital 實際上並不是指在醫院這棟具體的建築空間內而已，還包括了病患到醫院接受治療這樣的抽象概念。

有趣的是，Ms. Ford is in the hospital. 這句話究竟能不能解釋成「住院」的意思呢？現在我們來分析一下下面這兩個句子：

a. Sally is in the hospital.
b. Sally is in hospital.

在字典上，b 句解釋為「住院」；而 a 句則是「在醫院裡面（探病等）」。但事實上，現在在美國兩句話都視為「住院」的意思。當然，在醫院裡面不一定等於住院，但如果只是去看個病、拿個藥，進醫院找醫生檢查病情的話，也可以說成 go to the hospital 或 go and see a doctor at the hospital；就是在醫院工作的員工或醫療人員也可以說 work at the hospital 或 work for the hospital。一般說來，因為 in 帶有「被關進醫院」的意味，所以一般都是解釋為「住院」。

在英美人的日常生活中，「上學」及「上教會」算是最基本的活動事項，因此採用固定的說法是相當正常的。而「去醫院」則是在特殊狀況下才會發生，所以用法上就不是那麼固定及嚴格。相對來說，加或不加 the，都不是左右語意的最大關鍵。

也就是說，當你聽到句中有 the 這個字時，究竟該判定為「住院」還是「探病」呢？作者建議你，與其用大家視為《聖經》般看待的「文法」來判定，還不如根據實際的狀況、以及會話的

經驗和常識來判斷，這個學習要點可是相當重要的喔！

3. 「去上班」需要加定冠詞嗎？

前面我們講「去上學」的英語為 go to school，所以同理可證「去上班」就應該是 go to office囉?! 錯了！「去上班」正確的說法應該要加定冠詞 the，也就是 go to the office 才對。這中間的差異究竟在哪裡呢？

雖然中文與英語的「上班」表面上聽起來意思是相同的，但事實上我們對「去上班」的定義可是與英語的 go to the office 大不相同喔！在國人的觀念裡，「公司」是員工聚集的地方，除了平日工作之外，員工還要做早報、定期舉辦郊遊旅行或聚餐活動等，所以我們對上班的抽象感和上學是有異曲同工之妙的。

但另一方面，根據對美國人的調查報告中可以發現，他們對上班的意念和上學校接受教育的觀點可是完全不同的。他們純粹視公司為和自己簽合約、然後提供腦力和勞力的一個具體場所，所以到辦公室除了有實質的工作要做之外，還有桌子、椅子、乘坐的電梯⋯⋯等等具體的場所和設備，也就是「（和自己有關的）工作地點」這樣的一個觀念，所以會在 office 前面加 the 來限定它。

當然啦！如果要表達「去工作」這樣一個抽象的意念動作時，英語中可以說成 go to work，因為 work 本來就是用來表達抽象的概念和機能的一個字眼。

接著談「上床睡覺」，英語講 go to bed，實際上這和具體的床鋪沒有關係，純粹是指「就寢」這個動作。相對地，下面兩個例句則是指到床鋪那邊去做點事情的意思。

My father went to **the** bed.
My father went to **his** bed.

　　和剛剛的抽象字眼 work 一樣,「就寢」也有 go to sleep 的說法,但因為這時指的是進入 sleep 的狀態,所以嚴格說應該是「入眠」的意思。像這樣瞭解不同的字各自所代表的細微差異,對於有心想要學好英語的人來說,掌握這種微妙的含意可是相當重要的!

　　經過前面幾項分析後,各位應該可以發現,對中文和英語來說,同樣一件事情,或許因為國情或說話者心目中對象定位的不同,在字句上便產生奇妙的差異性,而這些差異其實是有規則可循的。這一點,將在本書的後面陸續有更深入的解析。

4. 體會 play (the) guitar 的 the

　　讓我們繼續來探討關於 the 的用法。首先來看一句特殊的例句:

We elected him **mayor** of the city.

　　如果翻閱高中英語文法參考書的解釋,裡面應該會提到:這個句子原本應該為 him the mayor of the city;但照慣例,只要在「市長」或「總統」等職位之前的 the,通常都會被省略。至於為什麼會被省略?難道說 the mayor of the city 就算錯嗎?這些問題教科書中則沒有說明。

　　答案其實和之前的道理一樣。「市長」這個字眼,除了象徵地位或職位的抽象意思外,也同時具體地代表身為市長的這號人物。照理說兩種解釋都可以成立,但在實際使用上,除非是想強調市長這個人,否則一般習慣上都泛指職位的意思(所以不加 the)。反過來說,如果句子裡加了 the,那麼就表示說話者想要表達出特定的用意。

　　接著我們來看看用在樂器方面的 the。「瑪莉彈吉他」這句話的英語說法如下:

Mary plays **the** guitar.

　　文法書上通常會強調 the 一定不可以漏掉；也就是說，只要是強調彈吉他這個動作時，是不可以說成 Mary plays guitar. 或 Mary plays a guitar. 的。但是我們卻又偶爾在日常會話中會聽到這樣的說法，這究竟是怎麼一回事呢？到底可不可以用？如果可以的話，又是在什麼樣的場合下用呢？就讓我們藉由下面兩個例句，來釐清其中的差異性。

You can **play Guitar**.
（你會彈吉他了。）

He never ever learned to read or write so well, but he could **play a guitar**.
（他讀書寫字不行，卻彈了一手好吉他。）

　　誠如之前解釋醫院和市長的觀念一樣，只要是名詞，都一定會有具體的實物含意（建築物、市長本人），以及代表職務、機能等的抽象意義。所以 guitar 也一樣，加了定冠詞 the，即表示它是一個具體的「物件」。由於 the 原本就和 that 有同源的關係，所以加了 the 也就表示具有標示「那個」的限定意思。

　　這裡的限定指的是「那個叫做吉他的樂器典型」，也就是任何人只要一提到吉他，腦海中馬上就會浮現的影像。像這樣具有共識的典型「事物」加 the 的用法，在英語中相當常見，如 listen to the radio 就是一個標準的例子。

　　當然囉！如果沒有加 the，那麼「事物」原先所代表的具象意義，也就是「物件」的功能就順理成章地不存在了，剩下的只是「彈吉他歌曲」的抽象意義。例如，運動本身並不是個「物件」，所以不須加 the，可以直接說 play soccer 或 play baseball；而 watch television [TV] 不加 the，也是要強調電視的功能而非電視機那個方盒子。

Play Guitar in 7 Days

Thanks to Ed Sale's amazing Secret System, you can learn to play a lovely song the first day, any song by ear o....

「7 天內學會彈吉他」
的一個宣傳廣告

　　但是規則和生活是緊緊相關的。如果在日常會話中，當我們講到鋼琴、吉他等樂器時，能夠很輕易地從語意上判別說話者指的究竟是樂器本身、還是指由它所發出來的樂曲聲的話，自然在說法上兩者便會愈來愈趨一致。這幾年來，有愈來愈多的美國人改口說 play guitar，就是這個道理。類似這樣，語言原先的具象涵意被抽象的「機能性」取代的用法，另外還有 play tennis，最早的說法是 play at the tennis，意思是「在具體的（打網球的）場地上玩耍」。

　　再來談到 play a guitar，雖然真的有人這樣使用，但是多數人還是認為這是個錯誤用法；原因是人們對吉他早已有了固定的印象，而且彈奏時用的也泰半是自己的樂器才對。所以這時如果用不定冠詞 a，語意上便讓人感到指的是「任何隨便一把吉他充數」，或是「不只是典型的吉他，就是稀奇怪狀的罕見吉他，也照樣彈奏」，而之前提到的第二個例句就是後者的意思。

　　總結地說，任何名詞都有具象可數的一面和抽象不可數的一面。在文法上，將性質較傾向前者的歸為可數名詞，性質偏重後者的列為不可數名詞。也就是說，沒有絕對的可數或是不可數名詞，有的只是常識上的判斷，或說是經驗法則上學習到的「容不容易數」的程度問題而已。

5. 具體化及抽象化

　　面對名詞所兼具的具體及抽象的雙重身分，學習者的學習重點就在於如何判別對象物的空間特性。我們就拿「爺爺到山裡

去」這句話來做個解釋吧！

My grandfather entered mountains.

這句話乍看很自然，其實卻是錯的。整句話給人的感覺像是爺爺把山鑿開一個洞，然後走了進去，跟進房間一樣，絲毫沒有「登山（到山裡）」的味道。

現在，我們將句子做個小小的修正，感覺上就相當自然了。

My grandfather entered the mountains.

果然問題還是出在 the 的身上，如果你到現在還不是那麼熟悉英語的話，一定會想不透這麼小小的一個 the 怎麼會有這麼大的功用呢？

讓我們先想想 enter 這個動詞，它後面接著的名詞一定要含有「像房間一樣的內部空間，而且是可以進去的」那樣的功能，也就是像 enter the room（進入房間內）的那種概念。所以凡是與上述立體空間特性不符的語詞，像是 enter a mountain, enter mountains 或是 enter the mountain，看起來不自然也就不足為奇了。

另外，大家都知道 the mountains 中文翻譯成「山脈」，指的不是一座座獨立的山頭，而是一整片的山陵，換句話說是一個集合體（所以作單數）。而集合體會自然營造出一種立體空間的印象（相信感覺較敏銳的人，這時一定知道了為什麼「在山裡」的英語就叫做 in the mountains），因為是立體空間，所以當然可以視同進房間，用 in 囉！

這裡的問題其實就像第 I 章裡一開始所提關於太陽的例子一樣，純粹是因為不同國籍的人對同一事物認知上的差異。對國人而言，「登山」和「進入山裡」這兩句話的對象物都是指具體的山；而歐美人的 enter 後面卻必須接由群山聚成的立體空間，而非一座或幾座具體實心的山。

　　既然提到「登山」，就讓我們聯想起英語「爬」的動詞 climb，想想看登山可以說成 climb mountains 還是 climb the mountains 呢?

　　這個問題說起來有點麻煩，不過瞭解前面對 enter 解釋的人，應該馬上就可以理解。climb 剛好與 enter 相反，它的後面一定要接表示具體物件的名詞，也就是山的實體。所以，我們可以聽到 climb mountains, climb the mountain 或是 climb a mountain，但決不會聽到 climb the mountains 這種奇怪的說法。

　　（關於冠詞的用法，在本書第Ⅷ章中另有詳細的說明。）

第 III 章

動詞的表現方式及句型

1. 藉由動詞瞭解句型

以往在學習英語時，常見第二句型、第四句型等說法，這些我們習慣稱作「五大句型」。但是由於它並無法涵蓋當前所有的英語模式，因此大家便開始提倡第六及第七的句型。不過不論是哪一種句型，切記最要緊的就是要瞭解句中動詞的特徵，而不可以只用死背的方式。我們從經驗法則中可以得知，每一個句子中的動詞均有共通的「形態」（俗稱 type），而這形態往往也就是整句句型中的關鍵所在。

語意學大師 W. Weif (1970) 曾針對動詞在句型中所擔任的重要任務，作過這樣一段闡述：「人類的思考領域大致可分為用來形容狀態 (states) 及事件 (events) 的動詞領域，和用來形容具體及抽象事物 (things) 的名詞領域。而所有的概念之中，又以動詞為主軸，名詞則扮演著輔助的角色。」

第一句型	S+P
第二句型	S+P+A
第三句型	S+P+C
第四句型	S+P+O
第五句型	S+P+O+A
第六句型	S+P+O+O
第七句型	S+P+O+C

S＝Subject（主詞）
P＝Predicator（述語動詞）
A＝Obligatory adverbials
（不可欠缺的副詞片語）
C＝Complement（補語）
O＝Object（受詞）

以上七種句型，是 Clock 和 Green Bow 在 1985 年的研究中所歸納出來的結論。這七種句型可說幾乎涵括了所有的英語說法，其中尤以第四句型（從前的第三句型）〈主詞 +（述語）動詞 +受詞〉由於句子的結構最穩定，最常被人拿來使用，堪稱為典型的英語構造。

在這典型的英語句型中，能夠讓美國人不假思索、立即脫口而出的動詞大致有下面數個：

---

make, get, use, push, pull, eat, want, hit, kill, like, love, drink, cut, kick, hold, keep, play,...

常接觸英語的人對這些動詞應該都不陌生，因為這些字眼如 make 和 get 等，都是日常會話中常被用到的，隨不同的狀況便有不同的意義；用法之廣，光是英國牛津大辭典 (*OED*) 中解釋 make 的用法就多達 74 種，由此可見其複雜的程度。

然而儘管那些動詞用法如此複雜，但只要能抓住學習的訣竅，也就是每個動詞獨有的特徵（如 make 的基本句型為〈主詞＋動詞＋受詞〉），相信學習過程絕對是輕鬆愉快的。

2. 透過 make 掌握英語的標準句型

基本動詞之一的 make，其後接續的受詞從具體的實物，到意見、感覺等的抽象概念都有。但不論接續哪一類的受詞，make 都不脫「改變後面具體事物或抽象概念」的基本意涵。以下是從日常會話研究基礎資料中所列出最常接續在 make 之後的受詞對象，要瞭解 make，這個步驟是必須的。

順位	頻率	接續詞	順位	頻率	接續詞
1	157	it	8	13	yourself comfortable
2	146	句尾	12	12	any sense
3	41	a mistake	12	12	me laugh
4	29	sense	12	12	mistakes
5	21	money	15	11	me feel
6	20	love	15	11	of

7	16	it happen	15	11	you feel better
8	13	a deal	15	11	you happy
8	13	me nervous	19	10	up
8	13	me sick	19	10	up your mind

　　從表中的順位我們可以發現， make 接 mistake 和 money 的機率相當大，就拿 money 這個受詞為例吧！其餘類似的用法還包括make some money（賺錢）， make...dollars a year（一年賺～錢）， make one's bread（賺生活費）等類似的句型。 mistake 也常以下列的方式出現：

You made a big mistake!

（你犯了一個大錯！）

　　另外，在商場上常用的「交易」這個字眼，英語就叫做 make a deal。

　　make 另一個較明顯的特徵便是「施壓於他人身上使改變～」，用更具體的字眼來形容，也就是 compel 或 force 的意思。

I made her do the dishes.

（我叫她洗碗。）

You made me sick.

（你讓我感到噁心。）

　　make 另外還有一個慣用的特殊用法「盡興」，也就是「讓自己達到身心全然放鬆」的狀態。

Please come in and make yourself comfortable.

（請進，別拘束。）

　　像這樣, 原本以〈主詞 ＋動詞 ＋受詞〉用法為主的 make, 實際上也有不少是以第七句型（從前的第五句型）〈主詞 ＋動詞 ＋受詞 ＋補語〉作祈使句的用法。（請參照第 71頁。）

　　如此一來, 同一個動詞有時作第四句型, 有時用第七句型, 感覺上似乎沒有一套定律。但是如果你仔細分析這些由一個個單字所組合而成的句子, 就不難發現〈主詞 ＋ 動詞 ＋ 受詞〉仍為基本句型, 而〈主詞 ＋ 動詞 ＋ 受詞 ＋ 補語〉則為它的延伸。例如我們可以將 You made me sick. 這個句子的結構作如下的解釋:

You made [I BE sick].
　　　　　 ‖
　　　　　 me

　　You動作 (make) 的對象物不是具體的事物, 而是一個抽象的概念「我生病了」, 而原本動詞之後就可以接「事物」或是「狀態」；換句話說, 上述分析是可以成立的。

　　請從下面例句中試著自己掌握 make 的用法:

Emma:　I want you to **make** a lot of friends. And I want you
　　　　 to be real nice to the girls, 'cause they're gonna be
　　　　 real important to you, I swear.
Tommy:　We're not afraid of girls. What **makes** ya **think** that?
Emma:　(sigh) Well, you may be later on.
Tommy:　I doubt it.　　　　　　　　　　　 —— *Terms of Endearment*

　（艾瑪：我要你多交些朋友, 尤其要真心對待那些女孩子,
　　　　　因為她們將來對你會很重要的, 我保證。
　　湯姆：我們可不怕那些女孩子！真搞不懂你為什麼要那麼
　　　　　想?
　　艾瑪：唉！將來你就會懂了。
　　湯姆：是嗎? 我看不見得吧！）

3. 所有的動詞均有「及物動詞」的特性

就我們一般所理解的觀念，知道 walk, run, stand 等是所謂的不及物動詞，所以由這些動詞所組合而成的典型句型為第一句型〈主詞 ＋動詞〉，例如 I walk to school. 或 Mary is running hard. 等。

但在實際的日常會話中，它們作為及物動詞的用法也不在少數。

Please walk your bike here.

（此處請推著腳踏車步行。）

Kenny runs his father's grocery store.

（肯尼經營他父親的雜貨店。）

Stand your pen in the ink bottle.

（把你的筆垂直放進墨水瓶裡。）

以往學到的英語文法，一律採用動詞二分法，也就是將動詞分為「及物動詞」和「不及物動詞」兩大類，而且幾乎所有的字典也以這兩大類作為編撰的基準。這與我們現在提到「所有的動詞均有『及物動詞』的特性」是相矛盾的，或許有些讀者已經感到疑惑，究竟誰對誰錯呢？其實這就像之前提過的「可數名詞」和「不可數名詞」一樣，過於嚴謹的區分，只會侷限人與人溝通時的自由度及創造性，衍生出一大堆的例外用法，而無法忠實反應各別狀況。

而且不只形式上的分類如此，觀察我們的動作、狀態等，同樣也都是因著對象物才得以成立，無一例外。也就是說，基本上所有的動詞均有及物動詞的特性，當動詞和對象物之間的關係緊密相連時我們稱它為「及物動詞」；相反地，幾乎沒有關係者則稱為「不及物動詞」。當不及物動詞作為及物動詞用時，可看成

是動作主體以自身為對象物，而基於對象物若為有共識的事物時即可省略的原則，在這裡對象物便順理成章地被省略了。

　　同樣地，有很多的及物動詞也同時具備不及物動詞的用法，至於何時為及物、何時為不及物，也端視各別狀況任由大家拿出看家本領來解讀了。

4.　不易見得廬山真面目的 get

　　現在我們來談談 get。 get 的用法非常多，所以才說不易見得廬山真面目，它也常常和 up, on, in, over 等介系詞（副詞）搭配使用，這一加一乘，其用法之多，常常使學習者望之却步。

　　大體說來，國人看到 get 的自然反應便是「得到（某物）」。

I **get** it.
（我懂的。／我去拿。）
Get the phone.
（接電話！）

　　這兩個句子中的 get 就很符合「取得」的印象。在日常生活中，這類簡單易懂的基本用法佔了絕大多數。

　　但是當我們再看到許多生動的用例時，就可以很明顯地感受到及物動詞 get 的特性：「作用於～」。例如 get going, get moving 等，如果換成 be +-ing 的形式時，只是對狀況做客觀性地描述「前進」、「移動」；而 get 句型則可以很明顯地感受到實際動作「一步一步前進」、「不停止地持續移動」的真實感。

　　get 的這個「施加作用」的概念，也見於被動句型的用法上。（關於被動式的說明，請參照第 177～179 頁。）

a. Jack **was** killed in the room.
b. Jack **got** killed in the room.

a 句是客觀地敘述傑克被殺的事實；而 b 句則隱含了傑克是因某種原因而引來殺身之禍的感覺。一般我們聽到的新聞報導都是屬於前者，不含任何推測及主觀的意思。接下來我們再看看下面兩個例子：

You mean you think she wanted to **get** killed? —— *Dressed to Kill*

（你的意思是說她希望被別人殺死嗎？）

Sam **got** killed in his apartment. He was ready to die, you know that. That scum loved death —— the utmost beauty of our world. —— K. Snall, *Death by Death*

（山姆在他公寓內自殺了。他原本就打算這麼做了，你知道的。那個人渣覺得死亡是世界上最美的事。）

這裡，我們將電影中出現 get 的對話次數約略做了個估算：

get	1824次
got	1409次
getting	225次
gets	94次
gotten	19 次

多數的電影都是描述現在進行的故事，因此對話中使用「現在式」get 是很合理的，我們該注意的是出現了 1409 次的 got 才對。（got 不只是 get 的過去式，過去完成式也讀作 got。 gotten 現在幾乎已經沒有人在說了，在會話比例中，大約是 32 got 對 1 gotten 的比例。）

c. **Get** my pen.

（把我的筆拿來。）

d. My wife **got** this new job.

（我太太找到這個新的工作。）

現在式中常見 c 句的祈使句用法；而 d 句則算得上是 got 的標準句型，最常見於下例用法：

I **got** it. （或者可以說成過去完成式 I've **got** it.）

這句話根據上下文分別可以解釋成「懂了」、「到手了」、「成功了」、「完成了」等。

get 同時也是動詞片語用法相當多的一個動詞，估算使用頻率如下：

順位	動詞片語	頻率	順位	動詞片語	頻率
1	get to	390次	6	get up	48次
2	get out	170次	7	get away	40次
3	get in	81次	8	get off	38次
4	get back	70次	9	get into	28次
5	get on	54次	10	get along	11次

如同之前我們解釋 get 有「施加作用」的特性，因此與 to 表示「目標」或「目的地」的用法是相當一致的。

此外，我們也常聽到 get nervous（緊張、焦躁）或 get mad（發瘋）這樣的用法，其中的 nervous 和 mad 在形式上為補語而非受詞，所以一般歸納為第三句型〈主詞＋動詞＋補語〉。

nervous 和 mad 雖然被視為補語，但仔細分析過後，仍然可以發現有受詞的陰影存在，因為這裡的 get，可以解釋為「得到～（對象物）」的意味。

get [oneself][to be] nervous

上述 [ ] 的部分屬於有共識的細節，習慣上予以省略，整句的直譯是「得到精神焦慮狀態」，也就是「變得焦慮」的意思。

下面例句中的 to be 同樣被省略， yourself 留下作為提示動作的對象物：

Get yourself [to be] together.

（振作起來。）

同樣地，「我必須要離開了」這句話英語說成 I must get going. 完整的句型構造如下：

I must **get** [myself][to be] going.

從及物動詞的角度來看，同為「我必須要離開了」的 I must **be** going. 這句話，在構造上與 I must **get** going. 有相當程度的差異。因為前者的 be 完全沒有及物動詞的特性，所以後面也不會有及物動詞構句。

說到構句，從 get 常見的使役構句，我們可以清楚看出動詞 get 的特徵。

Mary got Tom **to** go out.

（瑪莉把湯姆帶出去了。）

Sue got Jim **to** be home all day long.

（蘇讓吉姆在家裡待了一整天。）

依照前面的解釋，這兩個句子等於保留了 get [one][to...] 的完整句型，也就是 [瑪莉][得到][湯姆外出這樣一個結果]的意思。

5. take 及其動詞片語

中文講到「拿」這個字，大家馬上就會聯想到 take 這個字。

沒錯，take 的確有「拿」的意思，譬如下圖。

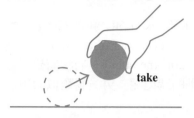

但是光把 take 解釋為「拿」是不夠的，因為由 take 和副詞所組成的動詞片語可是多得不勝枚舉，例如 take out（取出），take back（取回），take in（收回）等相當多的用法；所以想要學好 take，必須連這些片語用法一起都學會才好。就拿 take out 這個例子來說吧！如果和上圖對應的話，就是下圖的印象。

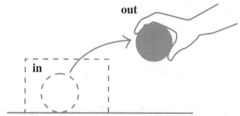

因此我們可以說，要想靈活地運用 take，首要之道就得好好地瞭解由 take 和其他副詞所組合而成的片語用法。現在請動點腦筋思考一下，當法庭判定某出版物為不良刊物，所有的書籍都必須從全國的書店及雜誌攤上撤下。這樣的情景，英語該如何表現呢？

Alan's edition was published quickly. In days the book was offered at booksellers and magazine stands nationwide. A half-million copies were sold during its first ten days on the racks. Then, the predictable legal action. The courts ruled that Alan's publication was to be **taken out of** the stores and **off** the stands. —— Paul Aurandt, *Alan's Edition*

（亞倫的書立刻就上市了。不消幾天的時間，全國的書店和雜誌攤上都能看到這本書，且短短的十天之內就買出了 50 萬本。但緊接而來的便是法院的判決。判決中要求亞倫必須

將所有書籍從書店及書報攤上撤掉。）

請注意粗體字的 taken out of 及 taken off。雖然同樣是「撤掉」的動作，「從書店中拿出去」為 take...out of the store；「從街上的書報攤上取下」則為 take...off the stands，有沒有覺得這種用法相當自然且符合實際行動的狀態呢？另一個類似的用法「把你的手拿開！」說法如下：

Take your hands **off**!

當然囉！ take 純粹解釋為「拿」的說法也是相當常見的。

Take this check.

（收下這張支票。）

Take this pill.

（把藥吞下去。）

雖然字面翻譯上看不到「拿」這個字，但相信各位應該可以感受到「接受」的訊息吧！這就是 take 的特徵。

接下來，如果要將收下的東西或人帶到外面的時候，可以說成 take it out。但如果不單是要拿到「外面」，而是要到特定的場所，譬如下例「帶到公園去」時，就可以改為：

I'll **take** you **to** the park

以下是常聽到關於 take 的各種說法：

順位	頻率	接續詞	順位	頻率	接續詞
1	140	it	11	23	off
2	117	不接任何字（註）	12	32	care of you
3	110	it easy	13	21	you home

4	39	this	14	20	me home
5	35	care	15	19	me
6	29	care of it	16	15	a walk
7	29	over	17	14	care of him
8	28	you	18	13	a shower
9	26	it back	19	13	that
10	24	him	20	12	care of

（註：例如 I'll take.（我來做）等， take 位於一整段話的句尾。）

常見的 take 慣用句如下：

Take it easy.

（放輕鬆。←輕鬆地做）

Take your time.

（慢慢來。←按照自己的步調做）

其餘請多參考上面關於 take 常用搭配字的表格。

6.　一定要和場所副詞搭配的 put

　　現在我們隨便找個正在學英語的人來，問他：「你知道 put 這個字是什麼意思嗎？」他很可能馬上就回答：「當然囉！簡單得很，就是『放』的意思嘛！」如果他真的這麼回答，那麼接著再請他回答：「把你的鉛筆放下來」這句話英語該怎麼說？我們得到的答案可能就是：

Put your pencil.

　　既然 put 是「放」，那麼這句話聽起來應該是對的吧！老

實說，這句話對美國人來說可奇怪得很，因為整句話缺了「場地」這個字眼，也就是沒有說出「要放到哪裡」這個重點。我們稱 put 為「目標取向的動詞」，因此說到 put 時，單字後面最不可欠缺的便是表明「目的地」和「位置」的副詞（片語）。所以上面這個句子，一定要加上「放到桌上」或是「放到那裡」類似的副詞（片語），否則一整句話便像是缺了手腳似的不完整。「放到桌上」可以說成 put～ on the desk；「放進口袋」則為 put～ in your pocket。

如果套用先前提到的七種句型，put 我們可以歸納為典型的第五句型〈主詞 ＋動詞 ＋受詞 ＋不可欠缺的副詞片語〉。

那麼究竟 put 有沒有「放」的意思呢? 當然是有的，只要不認定「put 只等於放」這麼一個簡單的公式就好了。例如我們講 put...in order，就可以引申為「把～放進有秩序的狀態中→排列好；整理」的意思。

現在我們重新對 put 下定義:「移動; 運送～（到目的地）」。例如，當某個人拿把濕的傘回到家時，家裡的人對他說了這麼一句話:

Put your umbrella in the corner.

這時這個人有可能把他的傘以下面 A, B, C, D 四種方式擺著:

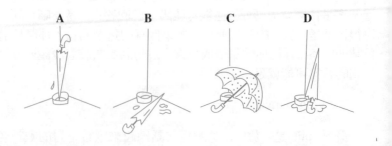

相信大多數的人應該都是放成 A 圖，至於選擇 B, C, 或 D 者，通常發生在特殊的場合下。例如 D 圖，在實際的會話中，家人也許會用動作示意要這樣擺，或是會用更具體的動詞對他說 Please **lay** it on the floor.

所以總結 put 的用法就是，只要有了具體的目的地（擺放地點），其餘關於某物該以何種形式、以及該放在哪裡，就照一般常理判斷即可。例如下面例句分別意味著把傘「靠著牆壁放」、把棉被「鋪在床上」、把名字「寫在黑板上」、把肥料「撒在田裡」、把快樂「放在臉上」等，每句都是不須多加解釋，沒有人不懂的用法，其中憑藉的關鍵就是情境和常理。

> **put** your umbrella in the corner
> **put** the quilt on the bed
> **put** your name on the blackboard
> **put** chemicals on the farm
> **put** on a happy face

當然啦! 如果意指的情形與常理不符合時，也可以另外選用具體的動詞如 stand, lay, write, spray, smile 來強調希望的動作。

最後要強調一點，也許你已經注意到了，從和 put（以及所有第五句型的動詞）搭配表示場所的 on, in 等介系詞或副詞的屬性，不難看出事物在移動後的相關位置。

7. 概念模糊的 cut

首先請大家思考一下這句話:

Cut it!

中文翻譯成「切了它！」而且可以知道是用剪刀或刀子切的。那麼請看下面四張圖片，你想切了之後應該是 A, B, C, D 圖中的哪一張呢？

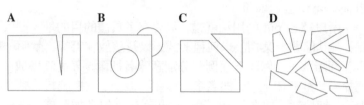

不管你選了哪一張，至少絕對不會是下面這四張圖，因為很明顯地可以看出它們是被手撕開，而非刀子切的，所以這四張圖的動詞應該是 tear 才對。

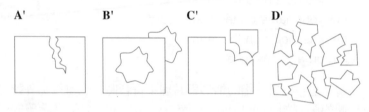

經過對美國人的調查，得出的結果多數選 C。這可不是因為句子裡有提示喔！而是他們從一般日常生活的經驗法則中判斷出來的。其餘三張圖的順位則依序為 A, B, D。

透過這個句子我們想要傳達的訊息是，單看一個單字的語意通常都較模糊，因此在理解時，多偏向以既有的經驗法則來判斷。至於如果說話者想要更具體地傳達訊息，則可以考慮搭配有空間概念的介系詞或副詞。

例如 A, B, C, D 四張圖片的適用句子分別為：

1. **Cut it off!**→ C圖
2. **Cut it out!**→ B圖

3. **Cut** it **in**!→ A圖
4. **Cut** it **into** pieces!→ D圖
5. **Cut** it **in** pieces!

怎麼還有第五句呢？如果硬要配對的話，D 圖勉強還可以充當一下；但句子裡的 in 卻透露出下圖的訊息，因此嚴格說起來 D 圖還不能算是完全吻合的：

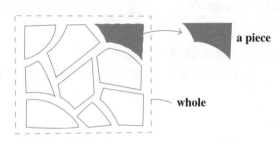

我們常在日常會話中聽到 Cut it out!這句話，英美人已視它為一句口頭禪，意思是「吵死了！你給我閉嘴！」或是「不要太過分了！」這兩、三年來，世界各國的年輕人都流行把褲子剪短，或弄得破破爛爛的，所以美國人便發明了 cut-offs 這個動詞名詞化的字，來紀念這股流行風潮，相當有趣吧！

除了利用 cut 搭配介系詞和副詞外，藉由單字本身「切」的變化，還可以用 trim（切得細碎），snip（一刀切斷），slice（切片），chop（大力地砍）等表現出不同的語感。

「很好切」

下面兩個 cut 的用法請大家多注意:

This knife **cuts** well.

（這把刀很好切。）

Butter **cuts** easily.

（奶油很容易切。）

這是兩個相當常見的用法，要好好學起來。另外當我們查看美國兒童畫冊或字典裡關於 knife 的說明時，也常看到下面這個句子:

A knife **cuts**.

（刀子是用來切的。）

第IV章

巧妙運用「同類動詞」

1. 分辨 look 和 see

當我們講「看」這個字時，最具代表性的動詞便屬 look 和 see 了。比較不同的是，look 常和 at, in...等的介系詞一起使用，而 see 則是單獨使用的機會比較多。

look 的基本定義是眼睛朝某方向看，至於以甚麼方式、朝哪個方向，則視後面接續的 at, in, into 或 over 等加以限定；而 see 則是 look～的動作結果，也就是「看到」的意思。下面的例句可以讓各位清楚地瞭解 look 和 see 的差異:

We looked at the spot for a long time but saw nothing.

（我們盯著那個地方看了好一陣子，可是什麼也沒見著。）

所以說，動作性強的 look 一般可作進行式；而表示感官知覺的 see 原則上卻不能，就是這個道理。

另外根據統計，look 在日常生活中常作 Look! Look! （喂！你看～），用於提醒或引起人家的注意。

look 作片語時，以 look at 的使用次數最多，而且是作命令式使用:

Look at me.

（看著我！）

用法次多的片語為 look for（尋找），帶有「用眼睛找」的意味。

I'm looking for a stapler.

（我在找釘書機。）

以此類推，依照眼睛所朝的位置、方法不同，還有 look in the dictionary, look around the table 等不同的用法。須留意的

是，他們都帶有動作的特性。

　　Look 另一個為大家所熟悉的用法是，與形容詞或名詞搭配使用的「看起來像～」的意思。

She looks ill.

（她似乎生病了。）

He looks like a musician.

（他看起來像個音樂家。）

　　乍看之下，這個 look 似乎與前面提到的用法不一樣，但若是從 look 的性質來看：「眼睛朝向某物的外觀看」，得出「外觀看來像～」的印象，事實上是說得通的。也就是說 look 在這裡可以解釋成「目光投注在對象物上，看出（作為主體的）該對象物狀似～」的意思，這和 look 的特徵「（如何）從外部看」是毫不衝突的。

　　假設我們現在講「看那個！」多數人的反應一定是 Look at that！但如果你想讓你的英語聽起來道地一點的話，建議你可以改成：

Let's take a look.

Take a look at that!

　　從我們的觀念來看，Look at that！感覺應該是很合的啊！而且文法也沒有錯，為什麼還要改呢？對，這句話是可以用，只是上面兩個例子中的 look，因為已經名詞化，所以可以再搭配更多樣的形容詞，讓說話者可以表現出更豐厚的情感，而聽者也可以對這句話所要傳達的訊息有更多的期待。光是這一點，Look at that！就沒有辦法做到喔！

　　我們從美國人的日常生活會話中對 take a look（或 have a look, get a look）做了一些調查，請看下面的句子：

Come on, let's go **have a look**. Come on.

（走啦！我們去看看嘛！走嘛！）

Come on! Why don't you **take a look** around?

（好啦！我們去附近走走瞧瞧嘛！）

We've got to **get a look** in that book.

（我們得查查那本書。）

[搭配形容詞的用法]

Take a good look at that face, Floyd.

（佛洛依德，仔細瞧瞧那張臉。）

She went closer to **get a better look**.

（她走近一點以便能看得更清楚。）

與 look 搭配最多的形容詞為 good，其次 better, great 也很常見。

2. see 的特性

I **saw** her on the street.

這句話有兩種翻譯，一為「我在街上看到她」，另一為「我在街上與她相遇」，端賴前後文的敘述來決定該翻成哪一句。也就是說，句中的 see 可以是「看到」，也可以解釋為「碰面」。但不管 see 作何解釋，也不管雙方究竟有沒有談到話，這兩種解釋有一個共通點就是，說話者確實都有「看到」對象。總括 see 和 look 最大的差異點就在於，see 強調的是「看」這個動作所引起的內在知覺；簡單說就是除了表示「看到」的狀態，通常還包括了對該訊息進一步的認知與理解。

那麼，see 究竟和哪些單字結合最為頻繁呢？我們從下頁所列的表格來探一探究竟。

順位	頻率	接續詞	順位	頻率	接續詞
1	860	不接任何字（註）	9	58	her
2	366	you	10	53	this
3	124	it	11	50	them
4	94	him	12	31	you tomorrow
5	94	me	13	28	ya
6	80	that	14	20	anything
7	70	you again	14	20	us
8	67	you later	（註）：例如I see./See? 等

如表所列，see 和哪些單字搭配使用時，都跳脫不出 see 原有的基本特徵。再譬如下面的例句，如果各位可以感受到說話者在呼喚你、向你道別的話，那表示你對英語愈來愈有感覺了喔！

See you.
I'll see you again.
See you later.
See you tomorrow.

現在我們再來看看 see 常用的句型〈see ＋ 人 ＋ 原形動詞 /-ing〉，探討下面兩個例句的差異點何在：

a. Don **saw** a turtle **cross** the street.
b. Don **saw** a turtle **crossing** the street.
（唐看到一隻烏龜橫越馬路。）

雖然都是烏龜橫越馬路，但用原形動詞和用 -ing 的形態所要表現的意念是不一樣的。a 句原形動詞，表示說話者從烏龜一開始要橫越馬路、一直到過完馬路這一整個階段，完全都看在眼裡；b 句 -ing，則表示烏龜一直都在行動，而說話者只看到烏龜

在過馬路的那一小段時間。（請再參考第 94～97 頁的解釋。）

同樣的觀念，也適用在動詞 watch「看」（專注地、帶點觀察意味地看人或事物等）和 hear「聽」上。

3. 分辨 listen 和 hear

相對於「看」的 look 和 see，「聽」的 listen 和 hear 的關係可說是有異曲同工之妙。listen 屬於純肉體面的用耳朵「聽」；hear 則是 listen 後的感官知覺（也可以解釋為聽覺）。但由於耳朵在生理層面上，不似眼睛能做出那麼多的方向性，因此語言上的表現相對地也沒有那麼多。在 listen 的用法中，以 listen to 所佔的比率最高，其它勉強能再找出的也只有 listen for 及 listen in。

使用 listen to...時，耳朵傾聽的對象必須是實物。由於 to 表示「目的地」，因此可以看出 listen 本義上即具有「方向性」的特徵。而 listen for 則是除了朝著某聲音來源聽去外，還帶有積極「尋求實情」的語氣。因此，像是聽力練習等必須切實掌握聲音訊息的情形之下，說Listen for it! 這句話就對了。listen in 則是指說話者努力消化對方說話的內容。

Listen in and speak out.

（聽進去再說出來。）

這句話的意思就是「確實聽懂並瞭解對方說的話後，再用自己的話轉述一遍」。

接著我們來談談 hear 的用法。先考考各位「上禮拜聽說你做生意失敗了」這句話怎麼說？

Last week I heard your failure in business.

你會這麼說嗎？這句話感覺好像是對的，但事實上可錯得離

譜呢！問題出在哪裡呢？

　　各位都知道，hear 是指聲音進到了耳朵，也就是「聽見了」的意思。所以我們說 I heard the news. 這句話，用 hear 直接將 I 和 the news 串連起來，表示「是透過自己的耳朵親耳聽見」的意思。但也有可能不是自己聽到，而是透過別人才知道的話，這種屬於間接聽到的新聞，我們就必須加入一個介系詞在 I 和 the news 的中間：

I heard of the news.

同樣地，下面兩句話也是相同的道理：

a. I know her.
b. I know of her.

　　a 句是指「我直接知道她＝我認識她」；而 b 句則是「我間接知道她＝我聽見別人說過有關她這個人的事」。

　　透過這兩個例句可以瞭解，當要闡述非自己親耳聽見的消息或概念時，必須要用 hear＋of 或 about 等的介系詞來連接主詞和受詞間的關係。

　　從這個觀念出發，再回頭來看看前面的問題句，因為「失敗」這個訊息本來就沒有辦法直接用耳朵聽，因此應該改為 hear of your failure，才能表現出「間接」的感覺。同樣地，「我聽到他父親去世的消息」、「我聽說你結婚了」等句子，因為「死亡」和「結婚」充其量都只是概念名詞，不可能會自己發聲讓人們聽見，所以毫無疑問地一定要用介系詞。

I heard of his father's death.
I heard of your marriage.
I heard of your getting married.

那麼加了介系詞的 hear of 和 hear about 又有什麼不同呢？

在我們看來不同樣都是「聽到了～」的意思嗎？沒錯，這兩種同樣都是表達「間接聽到」的意念，但他們在用法上還是有些微的差異的。

hear of 中 of 可以視為與 one of them（他們其中之一）中的 of 一樣，帶有「特別指定」的意味，所以講聽到結婚這件事，便是指「具體地聽到了一件特定的消息」。

Rocky Balboa? Never heard of him. ── *Rocky*
（Rocky Balboa? 從沒聽過（他的名字）。）

至於 hear about 中的 about，原本就帶有「約略」的意思，所以 hear about 就引申為「聽到了不只單一個意念，而是與那件事情相關的各種廣泛的消息」。

Obviously total lunatics! I've heard about this kind of thing.
── *Soul Man*
（簡直是愚蠢到了極點！我早就聽說過這類的事情了。）

現在請再想想下面這句話：

Did you hear me?

從以上各種關於 hear 的說明，我們可以將這句話的意思解釋為「你有沒有（直接性的）聽到我？」照常識判斷，當然就是「你聽到我講的話了嗎？」的意思。如果想要說得更具體一點，可以換成 Did you hear what I said?

4. 與「說」相關的四個基本動詞

「說」有四個基本動詞，分別為 say, tell, speak 和 talk。它們之間有相通的性質，也各有不同的特色，所以我們要能確實地體會出每一個動詞所表現的意念，才能在日常生活中靈活地運用

出來。這在學英語的過程當中，算是相當重要的一環。下面我們就試著從實際的用例中，來作探討。

● say

say 的基本概念為「說某件事情」，使用時，後面直接加所（要）說的「那件事」，如下例：

Tom **said**, "I will come here again."

因此，像是拍照時，拿相機的人對被拍照的人說 Say cheese! 或是替人斟酒時，一邊倒著酒一邊說 Say when?（告訴我什麼時候停），這時的意思其實就是要求對方 (you) 說 (say) cheese, when，所以只要回答 cheese, when 就可以了。

青少年嗑藥問題一直是美國社會的一大亂象，因此他們在提倡拒絕吸毒的活動中喊出一句口號：

Just **Say** "NO"!

（受到誘惑時要勇敢地說「不！」）

這句話並沒有提到要向誰說不，因為當實際遇到狀況時，每個人都知道要向當事人說不，因此沒有必要要特別提出，否則會有畫蛇添足之感。（這個道理和 Say cheese. 省略主詞 you 是一樣的。）但如果遇到需要清楚地說出來時，只要加上表示目的地的 to 即可。例如 to me, to JD's（不良少年們）。

但如果是要表示「告訴我」的情況下，由於 say to me 中間有 to 的阻隔，多少降低了直接性（請參照第 55 頁），語意上總感覺雖然把事情說出來了，但並無法確定是否切實傳達給了對方。還好在多數的情形下，人們依然可以藉由情境、甚至是常識來補訊息的不足，因此只要有「說出口」，通常就當作對方收到並且理解了。

● tell

但如果是確實將事情傳達給對方知道，這個時候就要用 tell。tell 的特徵是傳達的接收對象很清楚，使用時通常是在動詞後面直接加上名詞，如下例：

My father told me what to do.

（我父親告訴我該做什麼。）

這個例子也是 tell 動詞的典型句型：tell＋傳達的對象 (me)＋傳達的內容 (what to do)。

如果請美國人說出一句 tell 的典型句型時，應該有不少人會立刻想到這句話：

Tell me why.

（告訴我為什麼？）

這是一句日常會話中相當常用的句子，而且由於說話者和聽者雙方對於疑問詞 why 之後要問的問題多半已有共識，所以習慣上不會整句說出。

但是 tell 也不是全都採用這個標準句型，像「說謊」就比較特殊：

That dork told a lie!

（那個白癡撒謊！）

這個時候說話者並沒有明確地指出「被騙」的人是誰，因為說話者和聽者其實心裡都有數，那個被騙的人就是自己（me 或 us），所以通常就省略不說了。如果真有必要說清楚是誰被騙的話，通常就會說成 Susie told me a lie。

「說謊」和「說實話」

　　「說謊」的英語為 tell a lie，注意 lie 的前面要加不定冠詞 a，那是因為謊話也有很多種，像是沒有惡意的謊話，英語稱為 white lie，所以有必要用 a 以示區別。至於使用相同動詞 tell 的「說實話」(tell the truth)，則是因為真理絕對只有一個，不像謊言有多種可能性，因此以 the 來強調它唯一存在的價值。

　　接著，我們看看下面的例句：

The sole survivor among Custer's forces —— the lone veteran of Little Big Horn —— was stuffed and mounted and put on display in the Museum of Kansas University. The survivor lived, but not "to **tell**". He was a light bay cavalry horse named Comanche. —— Paul Aurandt, *The Survivor of Little Big Horn*

（賈司特將軍騎兵隊當中唯一的生還者——也就是自 Little Big Horn 戰役中存活下來的孤獨退役軍人——被後人剝製成雕像展示於堪薩斯大學博物館中。那位生還者得以存活，但他卻沒法告訴世人關於戰爭的事實，因為他只是匹有著淺棕色毛、名叫康馬齊的馬兒。）

　　這裡用到了 to tell 這個字眼，究竟是什麼意思呢？因為事實上那位唯一的生還者並不是人，而是一匹馬，所以儘管它得以存活，卻沒有辦法將賈司特將軍所率領第七騎兵隊全軍覆沒的戰況傳達讓世人知道。這個例子讓我們很清楚地明瞭了 tell 所具有的「傳達」的概念。

　　tell 另外還有一個值得注意的用法便是〈tell＋人＋不定詞〉，其中由不定詞帶出 tell 所要傳達的內容。由於不定詞特有的未來

性，全句的意思就成了「要對方去做～」的意味。（不定詞的用法請參照第 101～105 頁。）

如果要緩和這種命令或指示對方「去做～」的強勢口吻，只想詢問對方是否願意做或狀況是否可行時，不論有沒有輩分或上下的關係，這時都可以改為帶有「拜託」意味的 ask。

Amy **asked** the parlor attendant **to** make two double scoop banananut cones.

（愛咪請冰淇淋店員給她雙份的兩球香蕉核桃冰淇淋。）

如果要再更進一步，不計一切地懇求對方「無論如何都請～」時，可以再換成 beg。

● speak

「說」以 speak 這個動詞表現的次數在日常生活中相當頻繁。為了讓各位能掌握對 speak 的感覺，以下我們選了一段對話，請各位想想句中每一個 speak 所代表的意義：

[Joshua **speaks** into a radio microphone.]

J: Yes, sir...Yes, sir, Mr. Lloyd is dead. I'm afraid, however, that another problem exists.

[In his van, **speaking** on mobile phone.]

G: Define.

J: Lloyd **spoke** to the cops, sir. ── *Lethal Weapon*

【喬西亞對著無線電對講機講話】

（J: 是的……是的，勒依德先生已經死了。可是我怕另外一個問題仍然存在。）

【在他的貨車裡繼續用行動電話交談著】

（G: 講清楚點。）

（J: 就是勒依德已經跟警察講了。）

有沒有注意到句中的 speak 都是一方對著無線電對講機或是電話講話？所以我們可以為 speak 下個定義：「不管內容為何，只要發出聲音就算是 speak」。由此我們可以找出幾個單字，如：電視或收音機會發出聲音的部分稱為 speaker（喇叭）、一個人對著一群人單方面地發聲說話，我們稱那個人為 speaker（發言者）。所以當我們對著一位陌生人說出 Can(May) I **speak** to you? 這句話時，其實就含有「我可以和你打招呼嗎？」這種微妙的含意。

● talk

不同於上面的 speak，如果不只是單方面的向對方說話，而是希望對方也可以「一起加入談話行列」的話，可以說成：

Can (May) I talk to you?

所以 talk 可以說是「屬於互動式對話」的動詞。如果把它名詞化、作為名詞用的話，就變成了「會談」、「商談」的意思了。

既然作為動詞有「談話」的意思，那麼理所當然地就該搭配 with 這個字一起使用。但有趣的是，日常生活中美國人常用 talk to 的形式。有一種說法是，這跟美國人喜歡先開口向人搭訕的天性有關。但不管怎麼說，用 talk to 時會給人有朝著某個目標物（老師、顧問等）說話的感覺則是可以成立的。

如果要以名詞化的形式出現，通常都會說 have a talk，這時 talk 已經沒有任何動作的感覺，因此不能再用有動作感的 to，反而是代表並存的 with 比較合適，所以我們不會聽到 have a talk to 這樣的說法。

Mary had a talk with her parents.

雖說 talk 是個要有說話對象的動詞，而且大都為不及物動

詞的身分，但它同樣也可以作為及物動詞用，就像下面的例句一般，此時表示說話者藉由說話達成其它動作的實現。

One day Mrs. Wheeler knocked on the apartment door of Mr. Francis Connolly and his wife Mary. Yes, they had a child, they said. A nine-year-old foster daughter named Mary Ellen. What of it? Mrs. Wheeler **talked herself inside** and caught a glimpse of the unimaginable truth. —— P. Aurandt, *The Rescue of Mary Ellen Connolly*

（某一天，惠勒太太來到法藍西思・康那利先生及其太太瑪莉家前，她敲敲他們家門。沒錯，他們家是有個 9 歲、名叫瑪莉・愛倫的女兒。有什麼事嗎？惠勒太太極力說明自己的來意，終於得以進入屋子裡，就在那一瞬間，她見到了令人難以想像的真相。）

5. come 和 go 的基本用意

基本動詞 go 和 come，原則上相當於中文的「去」和「來」，但實際上它們的用法變化可說是相當複雜的，所以並不能完全認定它們就等於「來」和「去」。

英語是以物體移動的出發點或到達點來分辨 go 和 come。也就是說，在描述某一場合中事物或人的移動時，在心理層面上，說話者和聽者對於話題物的相關位置如何認定，決定了用 go 還是用 come。

例如，針對某場所（假設為宴會）作交談時，說話者的任何一方有意前往該會場時，就可以說：

I'm **coming**.

相同的道理，若說成 I'm **going**. 時，即表示說話者要去的是

該宴會場所以外的地方。

　　以上為 come 和 go 用在具體行動方面的解釋。此外，它們也常用於抽象的概念上。例如當某人感冒引起發燒時，可以說：

His temperature is going up.

（他的體溫升高了。）

　　這裡用了 go 這個字，是源自「從正常的體溫出發，然後逐漸遠離」的概念；相對地，如果是體溫下降，陸續回復正常的話，就說：

His temperature is coming down.

　　再舉個 go 的例子。下面有 a, b, c 三個句子，其中 a 句為「鮑伯的頭髮漸漸變少了」，b 句為「鮑伯擦了藥以後，頭髮又慢慢長出來了」，c 句最慘——「鮑伯的頭髮掉光光了」。

a. Bob's hair is going.
b. And now it is coming (back) again.
c. His hair has gone.

　　再介紹兩句 d 和 e。當四周的光線逐漸變暗，最後終於滅掉時，可以用 d 句表示；e 句則是指「電視畫面影像不清晰」的意思。

d. Lights are gone.
e. The picture does not come out well.

　　現在請再把目光轉向庭院。春天到了，玫瑰花叢裡冒出了花苞，接著花兒盛開，最後凋謝了，我們用英語來描述看看：

The roses are coming on well.

（玫瑰花長得很好。）

They are **coming** up.

（長出花苞了。）

Now they are **coming** out.

（花朵盛開了。）

They will **go** off soon.

（不久花兒就會凋謝了。）

　　從上述的例句中我們可以發現，說話者利用 come 和 go 來表現某狀況的好與壞，所以我們可以說「go 用來表示由平常的起點出發，然後漸行漸遠，最後狀況逐漸惡化」；「come 則是逐漸抵達原來的起點，最後回復到良好正常的狀態」。

　　最後我們再舉個例子來加強對 go 和 come 的感覺。如果視力變差，就用 f 句的 go；等戴上隱形眼鏡矯正視力後，就可以用 g 句的 come 了。

　　f. My eyesight is **going**.

　　g. My eyesight is **coming** (back).

6. come 的常用片語

　　瞭解 come 所代表的含意之後，接下來讓我們看看一般接在 come 之後的字眼有哪些。下列表格內的資料是從日常會話中所調查出來的結果：

順位	頻率	接續詞	順位	頻率	接續詞
1	323	on	11	58	out
2	319	in	12	39	down
3	300	here	13	33	back here
4	193	back	14	31	through

5	84	from	15	29	over
6	81	with me	16	28	to me
7	75	on in	17	27	with us
8	74	up	18	24	over here
9	67	along	19	21	around
9	67	home	19	21	in here

首先我們看到使用頻率最高的 come on。Come on! 屬於感嘆詞的一種，在日常生活中被用到的機會相當多，意義也常隨不同的場合作不同的解釋，例如「來! 動手吧! 」「少來了! 」「加油! 」等，都是經常可以聽到的。其次使用頻率次多的 come in，是指「進到房屋這個立體空間內」的意思，也可以用在無線電對講中表示「請回答」。至於其它如 come here, come back 等第三、第四多的用法，建議則不妨從前面我們提到 come 的基本概念——「來到話題中」去作思考。

7. go 的常用片語

我們常可以看到 go 和 on, for 搭配的用法，那是因為兩者間的屬性相同，所以已被列為使用程度極高的慣用句。例如 go on a trip 是指「去旅行」，go for a drive 表示「開車兜風」。go on a...除了接 trip 之外，還可以接續 journey, picnic 等；go for a...則常接續 walk, ride, smoke, chat 等名詞。

接著，就讓我們瀏覽一下 go 在會話中常用的接續詞狀況：

順位	頻率	接續詞	順位	頻率	接續詞
1	1045	go 單獨使用	11	46	out
2	451	on	12	43	to sleep

3	199	home	13	41	to bed
4	190	ahead	14	40	in
5	119	away	15	37	with you
6	67	back	16	35	to work
6	67	now	17	34	crazy
6	67	to do	18	33	to happen
9	58	on here	19	28	anywhere
10	54	down	19	28	there

　　上表中特別要注意的是 go 和 to 的結合。to 雖然有時為介系詞，有時為不定詞，但不論它所扮演的角色為何，只要一講到 go to，即有「前進到某個具體的場所或是某種心理狀態」的意味。

　　go there 和剛剛提到的 come here 為相對用法；至於在表示狀況的惡化方面，go 和 crazy 的搭配則最為常見。

8. pull 和 draw 的差異何在

　　有回收到一本訂購自海外的雜誌，書中夾附了一張讀者訂閱說明單，上面寫著：

Pull this tab.

（請撕開這張單子。）

　　pull 在這裡有「一口氣用力拉扯」的意味。如果要指定方向的話，還可以加上有方向性的字眼，如 pull up 或 pull down 等。

　　既然講到「拉」，那麼請各位想想「請你拉一下窗簾好嗎？」該怎麼講？這時有兩種可能，如果當時太陽照射強烈的話，就將窗簾「拉上」；如果房間光線太暗，那就是「拉開」窗簾。英語

裡這句話是這麼說的（這裡的窗簾指的是裝在窗戶上的窗簾，因此用 the 來限定）：

Can you **pull** the curtain?

上述的句子帶有「將窗簾拉向一邊打開（關上）」的含意，如果刻意要強調將窗簾向兩邊拉開的話，可以說成 Jane pulled the curtains aside.（請注意這裡的 curtains 為複數。）

裝在客廳的窗簾通常都是又厚又重的，不僅不容易一口氣輕鬆地就拉開，而且還得邊走邊拉。要形容這種用一定的速度、慢慢拉的感覺，唯有 draw 是最合適的。所以當我們說 draw the curtain 時，意思即指用力持續地拉開（拉上）一片門簾；而 draw the curtains 則是指將兩片門簾向兩邊拉的意思。

不管是 pull 還是 draw，都只是敘述「拉」這個動作，至於說是拉開還是關上，則還要配合實際的狀況才能確定。當我們講「拉開窗簾」(open the curtains) 時，純粹按照字面意思便可以感受到有兩片窗簾一左一右地被拉開的感覺。

draw 另外還可解釋為繪畫，與前面「拉」的概念一樣，它也是有按照一定的速度持續牽扯的感覺；因此我們說「畫線」為 draw a line，而「畫圖」則為 draw a picture。

同樣都為「畫圖」意思的 paint a picture，基本上和 draw a picture 的概念是不一樣的。draw 所要表現的概念是「用鉛筆或畫筆一筆一筆地描繪出線條」，而 paint 則是「在畫上塗上色彩」的感覺。所以 paint 當名詞用時，意思便轉為「油漆」、「顏料」。

draw 的名詞為 drawer，解釋為「抽屜」，當然也是引申自「拉」的感覺。另外，較早之前有一種講法，稱女性的內褲為 drawers，其實也就是根據穿內衣的動作「拉起來然後穿上」所引申出來的字。由於穿內褲要用兩隻腳，所以和 trousers（褲子）一樣，一定要用複數。

9. push 和 press 的差異何在

各位知道中文的「推、壓」，英語該怎麼說嗎？相信大多數的人馬上就會說出 push 或 press 這兩個字。那麼請各位再想想，相撲比賽中的「推出界外」，英語又該怎麼說呢？

a. Takanohana **pushed** out Akebono.
b. Takanohana **pressed** out Akebono.

上面這兩個句子一看，立刻得知正確答案為 a。所以將對手推出界外，英語就叫做 push out。為什麼答案是 a 呢？

現在就讓我們講解一下 push 的基本概念：利用工具或赤手空拳地將重的東西或人推離，並使之移動者，稱為 push。我們尤其應該將焦點放在「讓東西或人移動」這個觀念上。它的形容詞為 pushy，意思是「強迫命令似的」，也就是提出要求及命令，好讓對方可以順著他的意思去做。

至於 press 雖然也作相同的解釋，但是它卻沒有讓東西或人移動的意思，所以它的概念應該是「施加壓力在某物件或人上，使其有被壓縮的感覺」。舉一個最明顯的例子，如 pressed ham（壓硬的火腿）。press 的名詞為 pressure（壓力），也就是「受到壓迫」的感覺，和中文「施加壓力」的說法一樣。

現在請各位再回想一下第 46 頁 cut 的用法。如同 cut 一樣，push 只是單純地「出力推」的概念，如果要表現較具體的動作，可以考慮加上副詞，如 push out，或是用其它特定的字，如 nudge，是指以臂膀輕觸；而 prod 則是用手肘截。不過由於這些動詞表現的情境較具體，不似 push 好壞兩面都可以用，而且還可以搭配各種副詞，所以表現的手法相對地也不如 push 廣泛。

第 V 章

深度探索動詞的世界

1. have 的基本用法

學英語的人只要一聽到 have，應該很容易就聯想到「（手上）持有」這個意思。的確，這個用法佔 have 全部用法中的最大多數，後面接續的名詞可以是抽象名詞如 time, experience, idea 等，將近佔了「有」這個用法的 80%；也可以是具體的物體如 television, car 等，則佔了少數的 20%。

I hope you all **had** a good time last night.
（我希望你們昨晚全都很愉快。）

至於像 I have a pen. 之類表示「手持（工具）」的句子則不多見。

當 have 作為意指「擁有抽象的或心理上的物件」時，後面接續的名詞通常為 problem, opportunity, chance 等。

You don't seem to realize, we **have a serious problem**.
（你似乎還搞不清楚，我們惹上大麻煩啦！）

除了「持有」這個用法外，作為「吃」、「喝」的用法也佔了約 20%。

Daddy, **have** some coffee.
（爸，喝點咖啡。）

Yes, I'll **have** dinner with you.
（好，我會和你一起吃晚餐。）

在動詞名詞化的句型中，have a... 經調查，以 **have a drink** 的說法最常用到（20 次），其次為 look, talk（4 次）、deal, hit（3 次）、catch, fight, love（2 次）。在口語用法中，這是個相當常聽見的說法。

不知各位有沒有發現, have a... 與名詞化前的原動詞, 在語意上有著些微差異, 例如 have a drink 的 drink, 動詞解釋為「喝」; 現在前面加了一個冠詞 a 變成名詞, 一樣是「喝」的意思, 但卻多了「在某一時段內快速地完成動作」的感覺。(請參照第 61 頁。)

2.　如何看待使役動詞的 have

have 的基本概念就是, 在「水池」內 (嚴格地說就是擁有的範疇) 有著〜東西的意思。

I **have** a wallet.

套用上面的說法, 我們可以視這句話為「在『我』這個池子中有著一個錢包」。在這個句子中, 有兩個概念是相當重要的: 一是「整個關係是呈靜止狀態的」; 二是「該狀態為某一事件的結果」。

have 後面沒有限定只能加 a wallet 這類具體的可數名詞, 它同時也可以接續抽象的意念:

a. I **had** him cut my hair.

have「(已) 擁有」加上接在 had 之後的具體事件 him(=he) cut my hair, 意思便成了「要他剪我的頭髮」。其它類似用法的動詞還有 get 和 make。

b. I **got** him **to** cut my hair.
c. I **made** him **cut** my hair.

現在區別一下這三句話的差異: have 是確保從開始動作, 到完全結束成為狀態的過程; b 句中的 get 重點著重在「開始動作的那一剎那」, 也就是「從現在開始頭髮要讓他剪」這種未來

的感覺，所以搭配 to 是再適合不過的了；c 句的 make 意思是強制對方開始動作，施者的「強制」和受者的「動作」同時發生，所以不須加表示未來的 to。

根據上面的說明可以瞭解，如果要在整段句子後面接 but somehow he didn't do it（但不知怎地他並沒有剪）這句話時，只有 b 句是最自然的，對 a 及 c 來說都不甚合乎情理。（a 句說話者的意志應貫徹到動作結束，c 句則至少堅持到使動作發生。）

接著我們看下面的例句，句中的 have 表示空服員將確實無誤地坐到副駕駛座上。

> Kramer: Now one more thing, is there somebody there who can work the radio and leave you free for flying?
> Striker: Yes, the stewardess is here with me.
> Kramer: Good, **have** her **sit** in the co-pilot's. —— *Airplane*
>
> （K: 現在還有一件事，你們那裡有誰會使用無線電嗎？只要有人做，你就可以專心開飛機了？
>
> S: 有，女空服員會，她就在我旁邊。
>
> K: 很好，把她叫來坐在副駕駛座上。）

3. have to 和 must 的差異何在

如果各位曾注意到的話，會發現口語會話中 have to 的用法相當多，將近佔了 have 全部用法的 30%。一聽到 have to，立即反應便是「必須」＝must。沒錯，這兩者原則上都表示「強制、義務」的意思，但 must 偏向「說話者主觀的、強硬的情感抒發」；而 have to 則屬於「溫和的、出自於周圍客觀因素的」表現，因此建議各位說話時還是多用 have to 比較好。（請參照第 141 頁。）

雖說用 must 的口氣較為強硬，但也並非全然硬性的要求，在

以善意的出發點「請務必要～才好」的口吻勸誘對方時，用 must
就非常合適。

If you ever go down to Atlanta, you **must** go and visit the
Stone Mountain in the outskirts.

（如果你有機會前往亞特蘭大的話，千萬別錯過到郊區的石
頭山一遊。）

　　經調查，must 和 have to 在會話中被用到的次數為 477 比
461，must 稍稍佔了上風。但若將 have to 的「親戚」，如 has
to, have got to 或是 got to 一併計算進去的話，總次數將上升
到 583 次，比起 must 的 477 次要超出許多。

---

had better

　　中文將 had better 翻譯為「最好～」，所以我們常常聽到
You had better... 這樣的說法。事實上，had better 不光是「溫
和的忠告、建議」而已，它也常用於「不～就倒大霉」的威脅口
吻。所以建議各位除了 I'd better... 和 We'd better... 這類勉勵
自己的話之外，最好少用在他人身上為妙。

　　此外，從字面上的過去式形態也表示了這是個假設用法，是
由 had [it BE better to...] 縮寫而來。

　　根據資料調查，had better 在使用時，幾乎都是以'd better
的方式出現，隨便一點的口語中，甚至已簡化到只說 better 一個
字。

　　附帶一提的是，have to 在句中的結構早先可以做如下分析：

I **have to** finish this work. ← I have [to finish this work].

　　也就是「具（擁）有完成工作的打算」的意思。但是後來在

語意上 have 和 to 逐漸結合，久而久之便成為固定的用法。

　　在發音上，通常習慣會將兩個單字的音連在一起，變成 /hæftə/，說不定將來還會變成一個單字呢!

4.　現在完成式的關鍵字 have

　　講到 have，不少人也會聯想到現在完成式（have + 過去分詞）的用法。所謂過去式和現在完成式的分別是，前者是單從已發生的事和現在無關的立場陳述，後者則是指以現在的立場來闡述過去已經發生完的事實。其中關鍵的字眼便是 have(has)。

I **have finished** my work.

　　分析這個句子，其中 have 為「現在」，finished 為「過去」（正確地說，應該是過去分詞，但是表示「完成」的語意則與過去式無異，這點從規則變化的過去式及過去分詞均為 finished，也可看出），兩者串連起來就成了「（至今）保有」在過去某時刻發生的「過去事實」。

　　在屬性上，現在完成式的 have 常被質疑是既非動詞也非助動詞。這個問題，或許可以從下面要談到現在完成式的演進中找到答案。

Marty **has** finished his work.　← Marty **has** [his work BE finished].

　　上句 [ ] 中在加上 be 動詞後成了被動句，整句的意思是 has（擁有）「工作被完成」的被動狀態（事件）。也就是說現在完成的 have，同樣還是沒有脫離動詞 have「持有」的基本概念，只是對象從「具體的東西」換成了抽象的「事件」。但是隨著過去分詞與名詞在文法上的連結漸為過去分詞與動詞取代，語序上連帶產生變化的結果，has 原本所具有的動詞色彩逐漸褪去，成

為今天普遍作為修飾主動詞的助動詞用法，同時它也有「現在仍保有過去已完成的動作狀態，且一直持續到現在」的基本意念。

　　總而言之，現在完成式 have 在文法上的功用便是掌控時間前後的關卡，好讓說話者得以「站在當下的時間點，講述過去事件演變至今的結果及狀態」。

Stella **has woken** up.

　　這句話基本的意思應為「史黛拉已經起床了，而且一直都是醒著的」，但事實上說話者對本人現在「究竟是醒著的還是又睡著了」不見得非常在意。在這種情形下，通常都以 Stella's woken up. 的縮寫形式一語帶過；在某些私下的場合中，只說 Stella woken up. 而省略掉 has 的用法也時有所聞。但要提醒各位的是，雖然 has 被省略掉，但事實上句子還是有現在完成的意味，所以當聽到這樣的句型時，時間的觀念仍是不可忽略的。另外一點要請各位注意的是，美國人在日常會話中不會說 She has woken up. 而幾乎是以 She's woken up. 這種縮寫的形式出現。

　　此外，像 Stella has woken up. 這類沒有受詞的句型，其實最早的用法是搭配 be 動詞而非 have；但隨著前面提到過的，has 作助動詞的功能加強，演變至今現在大都改成採用 have 了。不過，be 動詞作完成式用的例子也非全然消失，像 Winter is gone. （冬天過去了）這類的句子偶爾還是會看到的。

　　另外，要表現「完成」的意念，只靠 have 及 has 也可以辦到。下面有個例句，敘述美國某公司為了標榜自己的產品品質優良，而喊出了一句口號，用字相當值得玩味：

Sags means Quality. Always **has**. Always will.
（薩各思就是品質的保證。一直都是、將來也會是。）

　　Always has. 這句話可以解釋為「從以前到現在都維持相同的水準」(Always it has meant Quality.)，而且「將來也不會變」

(Always it will mean Quality.)，所以這句話可說是巧妙地運用了
[完成 (has)] 以及 [未來 (will)] 兩個字來凸顯永恆的好品質，可
說是一句相當完美的句子。

現在回過頭來看過去式，如 I woke up. 這句話，僅表示確
知在過去的某個時間內起床了，但未來會不會再睡可就不得而知
了；而且也表示說話者在說話當時僅是隨口提提，並非刻意要拘
泥在時間點上。

在現在完成式的句子中，常會利用 just 作為搭配：

Stella has **just** woken up.

這句話所敘述的事情發生在過去，但說話者為了強調現在這
個時刻，因此加了 just 來凸顯現在鮮活的事實。而 just now 可又
與單一的 just 不同了，因為 now 這個字代表了明確的時間點，並
沒有具備「從過去一直延續到現在」這樣的功能，因此 just now
是不可以和完成式同時出現在同一個句子裡的。

說明了種種的狀況，各位應該可以瞭解到，現在完成式可能
因動詞的種類、說話當時的情境、以及副詞（片語）加入等等的
因素，而使句子產生了特殊的意義。大致來說可以區分為三類：
第一、為現在完成的典型意義「完成、結果」；第二、從過去某
一時點開始，一直持續到現在的「繼續」；第三、到目前為止所
累積出的「經驗」。

調查了電影裡的對白，約略可以算出第一類的用法（完成、
結果）佔了 50%，第二類（繼續）有 34%，第三類（經驗）則只
有 16%。我們在這裡要強調的是，並非所有的用法都限定在這
三類中，有時也會因說話者的心態或是場景的不同而改變原來的
意思；但唯一肯定的是，它們一定都符合現在完成式的原則。

現在介紹一種有趣且極通俗的用法。某人留了張紙條給不在
家的人，告知他要外出的訊息：

I have gone to the library.

（我去圖書館了。）

Gone shopping.

（我去逛街了。）

想想，在寫紙條當時尚未外出，所以應該算是未來的事情，為何會寫成現在完成式呢？在時態上來說不太合理吧?!其實這個句子沒有錯，因為留紙條的人是站在「當你看到這張紙條時，我已經離去了」這個心態下寫出的。也就是說「已經是過去的事實 (gone)，藉由 have 從過去一直保存到現在（讀紙條時）」，而且還隱含了「你在看這張紙條時，我人已經在圖書館裡了」這樣的訊息。（其實這裡也可以用過去式 I went to the library. 但因為went 只是在闡述過去的事實，而沒有加上 have 的功用，因此並不會傳達任何暗示的意味，而此人此時身在何處也不得而知。）

總歸來說，現在完成可以以各種方式出現，但不管做如何的變化，都脫離不了一個共通的概念——「利用 have 將過去的事件狀態保持到現在」。

當 have 碰到 live 或 stay 這類原本就帶有一段時間意味的動詞時，其現在完成式的重點應該是放在「從過去一直持續到現在」，而不是「動作完成」的意味。這也是為什麼這些動詞之後常見與 for two weeks 或 since last month 之類時間副詞搭配的原因了。

Marty's stayed here **for two weeks.**

（馬地在這裡待了二個禮拜了。）

但這個句型倒也不能說明他會「一直」待在這裡，它只是用來闡述「從以前到現在已經待了二星期」這個意念。如果要明確地表達他還會繼續待下去的話，必須要以下面「現在完成進行式」的句型來表現：

He's **been staying** here for two weeks.

下面的句子，也是說明了從過去一直用功到現在，而且往後還會持續努力：

I've **been cramming** for the test since midnight.

（為了考試，我從昨晚深夜一直猛 K 書。）

5.　掌握 be 動詞的概念

在開始學習英語之初，be 動詞可說是最早一批學到的單字了；但學得早不等於學得好，be 動詞的概念遠比它表面的字母複雜多了。若各位曾注意到的話，會發現 be 動詞與 have 之間常有密不可分的關係，這點我們從心理學者 E. Floam 的著作 *To Have or To Be* (1982) 一書中即可瞭解。

根據 Floam 的解釋，只要持有某物、屬於自己所有的東西，即可稱為 To Have；相反地，不論某物屬於誰所有，只描述某物存在的事實，即為 To Be。所以說重視個人權益的美國，其社會本質便是 To Have；而崇尚大和魂，以凸顯個人為恥的日本社會，則是 To Be 的最佳示範（這點從語言上也可能理解）。這樣的解釋雖然很淺顯，但卻形容地相當貼切。

當我們講「珍的腳很美時」，很多學習者會受到中文的影響而說成 Jane's legs are nice. 但事實上美國人幾乎都會以 have 來形容：Jane has nice legs. 他們唯有在強調腳的情形特別時，才會用到 be 動詞的句型。

此外，be 動詞並非是一個自發性的動詞，它也不能讓別人去做什麼動作，唯一的功能只是在連結一個名詞（主詞）與其他名詞或形容詞（補語）所表示的狀態而已。

例如各位相當熟悉的句子：Where do you come from? 以及

Where are you from? 對照下面兩句回答，究竟有何差別呢？

   a. I **come** from Montgomery, Alabama.

   b. I **am** from Montgomery, Alabama.

a 句的 come 很明顯地有「來」的動作表現；而 b 句的 am，即 be 動詞，依照上面的說明連結了前後雙方，在這個句子裡就是「我」及「在阿拉巴馬州的蒙特葛馬利市出生、長大」的狀態，再由「現在式」 am 進一步點出了這是（我）「現在的狀態」。雖然語法上有如此的差異，但實際會話中卻不會那麼嚴格地區分，而將它們同樣視為「出身地」的意思。

be 動詞的用法不多，但仍有前面我們沒有說明到的用法。例如現今大部分的美國高中所採用的一本教科書叫做 *America Is*，這裡的 is 後面並沒有接任何的字眼，所以常將它解釋為 exit（存在）的意思。be 動詞後面可以不接名詞，因為原本後面的內容是大家所熟知、毋庸置疑的事，因此才予以省略；而且與其明確地說出，倒不如以 be 動詞所蘊藏的含意來表現，才更見得出它的效果。像 America Is 這句話，我們便可以解釋為「像美國這樣的一個大國」，至於究竟是怎麼樣的一個國家，就可以任憑各位看官自行評斷、自由想像了。

6. forget, remember 和 want 的用法

我們在學英語的過程中，很容易不知不覺中便落入「一對一」的圈套，也就是一個英語單字翻譯成一個國字、一種用法，這是相當危險的觀念。因為事實上一個英語單字可以有多種中文翻譯；同樣地，一個中文動詞也會衍生出為數不少的英語動詞變化。

但他們倒也不是天生就具備這麼多的意思，就如同本書一開始所提到的，根據對事情看法的不同、立場的不同等等，都會造

成許多複雜的結果，而各式各樣的解釋也就在必然的過程中應運而生了。

　　舉例來說，一個英語動詞依呼應的對象不同，語意就可能像變色蜥蜴般的多變，我們現在列舉三個英語動詞 forget, remember 及 want，讓各位瞭解一下他們多變的全貌。

　　forget 有「忘記、放棄」的意思，帶有「既往不究」的積極意義。典型的句子如：

Forget it.

（算了吧！把它忘掉，別太在意。）

還有一句勸世勵俗的格言，也是 forget 的典型用法：

Forgive and **forget**.

（做人要懂得寬恕、不記恨、也不記仇。）

同樣地， forget 也有「疏忽、心不在焉」這種消極的意味：

I **forgot** your name.

（我忘了你的名字。）

　　相對於 forget 的忘記，屬於記憶的 remember 就有「記住」、「記起來」和「記得」三個階段的解釋。

　　a. Let's try to **remember** all of these in thirty minutes.

　　b. **Remember**!

　　c. I'm sorry I don't **remember** you.

　　其中 a 句就是第一階段「記住」的意思；b 句則有要求對方「記起來」的意思，屬第二階段；剩下的 c 句就是第三階段「記得」的意思囉！

　　若是超越「記得」的階段，而執意地要把某件事記到腦海裡的話，就必須改用 memorize，相當於中文的「記在心裡、背誦」

的意味。因為基本概念都是相同的，所以不論是 remember 或是 memorize，都有個共通的語幹 mem （放入心裡）。

對於曾經記過、但已是過往雲煙的事件，而今要努力地「回想」起來時，可以用個更具體的動詞 recall, recollect 或是 remind。而且因為都有「再次」的味道，因此我們可以看到這三個動詞都由 re- 作為開頭字首。

一講到 want，我們馬上就想到 want to～（想要～）的意思；但再更深入地想，之所以會有「需求」，通常就是因為「不足」，所以會把希望寄望於未來。由這個觀點來選擇 want 的搭檔時，當然就非具有未來感的不定詞 to 莫屬了。此外，因為「不足」已經是個既成的事實，因此也會用〈want + -ing〉的手法來表現「現在正在補充中」的意念。

不過現在在會話中幾乎已經很少會聽到〈want + -ing〉的句型了，反倒是〈want + to～〉或是〈want + 名詞〉的用法較為常見。經調查，在 want 共 348 次的用法中，〈want + -ing〉只有 2 次（例句 d）、〈want + to～〉 154 次（例句 e）、加名詞的用法 173次（例句 f）、以及〈want + 名詞（人） + to～〉的 19 次（例句 g）。

　　d. I'm working on it.　Oh, Chris...What?　Sure, if the chest **wants mending**, too.　What's the address?—— J. Monroe, *Paperport*

　　　（我現在正在修了。喔！克里斯啊……什麼？當然囉！如果那櫃子也需要修的話，我就去修啊！地址在哪裡？）

　　e. I **want to** talk to you about something important...Listen Ted.—— *Kramer vs. Kramer*

　　　（我有些重要的事想跟你講……聽著，泰德。）

　　f. Jack, I don't **want any trouble**. Do you understand that? Please.—— *Midnight Run*

（傑克，我不想惹任何麻煩，你瞭解嗎？拜託！）

g. I just **want** you **to know** the truth, Mr. Wainwright.──
Happy Birthday to Me

（我只是想要你知道真相，偉恩來特先生。）

其實，不僅是 want 在文法上有如此的區別，前面提到的 forget 及 remember 也有相同的現象。

h. I **forgot to** mail the letter.

i. I **forgot mailing** the letter.

h 所想要表達的是「我忘了寄信（根本不記得要做這件事）」；i 則是「我忘了已經把信寄出去」。

I **forgot to buy** ice cream for dessert.

同樣地，說話者在說這句話之前「原本打算要買 (to buy)」冰淇淋甜點，但卻「忘了」要買這件事，因此沒有完成預計要執行的動作。

如果這裡的 to buy 改成 buying 這種 -ing 形式時，意思可又不一樣了：

I **forgot buying** ice cream for dessert.

說話者「應該是已經買了」，但卻「忘了曾經買過的這件事實」。

所以當我們要對別人表達「請你務必要把信放進郵筒裡」這個想法時，forget 就必須要採用下面的用法：

Don't **forget to mail** this letter.

remember 的用法也是相同的：

j. I **remembered to pay** the bill.

k. I **remembered paying** the bill.

j 句為「我記得要去付帳」，k 句則為「我記得我已經付過帳了」。

7.　give 的文法

當我們一提到 give 這個字時，腦海中立刻會浮現出「把～（東西）給～（人）」這樣的概念，也就等於是下面的例句：

Michael **gave** a present **to** Judy.

這個用法的確是 give 典型的用法，而且份量超過了所有用法的一半。以往所學過的文法概念中，都會強調這種句子不可以省略受詞或副詞子句，否則句子就算是錯的。

a. Michael **gave** a present.
b. Michael **gave to** Judy.

但如果是麥克在慈善拍賣會上，選出一個自己在生日當天收到的生日禮物並且捐出來的話，這時候就可以說 a 這句話。同樣地，如果大家都知道那個禮物是什麼，只不過要說明所給的對象是名叫 Judy 的人的話，b 這句話便相當適用。

總結來說，give 表示「給、捐」的含意是確定的，至於要不要明說捐給的對象是誰，或是要給的是甚麼東西，則依實際的情形做決定。例如有不少美國人便習慣省略受詞，說成下面的句子。

Give to the United Way.
（給 United Way [慈善團體]。）

其實這句話正確地說應該是 Give money to the United Way.

但既然 United Way 是個眾所皆知的慈善團體，而且大家都知道要捐的一定是「錢」，因此句子裡就不會再提到「錢」的字眼，以免讓人覺得太造作。

現在請再回到一開始解釋 give 的情境裡。我們用 give 來表達將某物件送給某特定人物時，針對收到的一方，也就是所謂的目的地時，通常都是搭配 to 這個介系詞。

c. Amy **gave** an ice-cream cone **to** Brenda.

分析這個句型時，可以拆開解釋為「愛咪將甜筒給別人了，且對象（目的地）就是布蘭達」。若想將句型稍作變化，但原意仍維持不變時，可以改為〈把～（東西）+給～（人）〉的型式，也就相等於是我們之前提到句型結構中的第六型〈主詞 + 動詞 + 受詞 + 受詞〉的用法。

d. Amy **gave** Brenda an ice-cream cone.

儘管 c，d 兩句的意思是一樣的，但嚴格說來，還是可以找出語感上些微的差異。先看 d 這句話的意思：「愛咪確實有把東西給布蘭達，那個東西是個甜筒」；換個角度想，結果就是「布蘭達確實拿到了甜筒」：

Brenda HAVE an ice-cream cone.

Amy   Brenda

再看 c 句的 Amy gave an ice-cream cone to Brenda. 關鍵在於 to 這個字強調的是「目的地」，也就是布蘭達。換句話說，要給的對象雖然很明顯，但動作的結果，也就是甜筒到底有沒有到布蘭達手裡？就不得而知了。

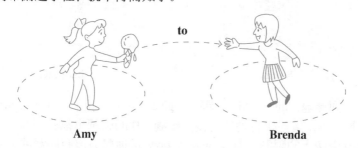

Amy　　　　　　　　　　　　**Brenda**

我們做這樣的分析，只是希望各位能真正地感受句子裡隱含的意義。但其實在實際生活中，只要說「把～給～」的話，通常都是以「東西到了對方的手上」為前提；不刻意強調的話，其實兩者的意思是一樣的。

然而 c, d 兩句可以相同，並不表示所有同類型的句型也都可以劃上等號，例如下面的 e 句就不能夠代換為 f 句。

e. Susan **gave** her big sister a kiss.

f. Susan **gave a kiss to** her big sister.

問題出在哪裡呢？我們先討論 e 句＝蘇珊有直接地接觸到她姊姊。怎麼說呢？因為「吻」確實有從蘇珊傳到她姊姊那裡，也就是「吻到了」的意思。

而 f 句則是蘇珊給了她姊姊一個吻，而這個吻有沒有確實傳到姊姊那裡則不確定。換句話說，「和她姊姊不見得有接觸」，也就是蘇珊給的是沒有接觸的吻?! 這個句子之所以奇怪，是因為 kiss 的屬性和表示目的地、帶有某種距離感的介系詞 to 不一致的結果。但有一種狀況例外，那就是「飛吻」 (throw a kiss)

（如下圖），此時如果說 f 句就相當恰當了。

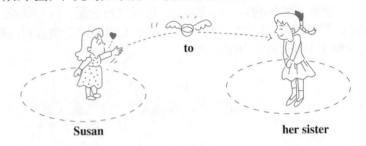

同樣地，give a kick（踢），give a pull（拉），give a push（推）等，這些帶有動作直接（接觸）性的動詞也都必須要遵循上述用法上的限制。而像 give a bow 這種雙方沒有肢體間相互接觸的社會禮儀，則可以用 give a bow to〜的說法。

Mrs. Pennington came up to her, smiling and nodding a little, looked her over, and **gave a bow to** the guests in the hall. —— H. Johnson, *Moonshine*

（潘妮頓夫人走向她，向她微微笑、點點頭，並且從頭到腳地將她瀏覽了一番，最後才向大廳裡的來賓鞠躬致敬。）

使用時，若是看到 They gave a cry.（他們哭了）這種只有一個受詞的句型時，就請回想之前我們講解過的觀念：大家都已經知道受詞對象是何方神聖了，所以不需要再次說明而予以省略。就像這個句子，也許 gave a cry 就是 gave a cry to people there 的意思。

還有一個句子在日常會話中相當常聽到，值得大家注意：

Give me a break!

（放過我一馬吧！）

如果各位仔細聽的話，可以發現美國人通常都唸做 Gimme

a break. 當你覺得對方要求過於嚴苛、唐突，而想要躲開正面衝突的狀況時，就可以說上這麼一句略帶感情的句子。另外像下面兩個句型，也是平常相當常聽到的：

Give me your phone number.

（告訴我你的電話號碼。）

Give me your (e-mail) address.

（給我你的（電子帳號）地址。）

以下是 give 之後各種接續詞使用次數高低的排行榜：

順序	頻率	接續詞	順序	頻率	接續詞
1	38	give in	5	11	give away
2	29	give up	6	8	give over
3	18	give out	7	5	give off
4	12	give to	8	3	give into

其中使用頻率最高的 give in 中的 in，因為有「將自己放進對方領域」的感覺，所以便解釋為「投降」。而 give up 中的 up，則有「進行到一半拋出不要」的意味，因此解釋為「放棄」。

8. 中文的「穿」，英語該怎麼說？

中文在服飾穿著的動詞方面有各式各樣的說法，如「戴」帽子、「穿」褲子、「繫」皮帶、「穿」衣服等等。但對英語而言，不論是衣服還是鞋子，只要是敘述「穿」這個「動作」，便以 put on 來表示；若要表現已經穿戴在身上的「狀態」時，則以 have on 或是 wear 來表示。

比起中文的複雜，英語顯然在這方面的表現單純不少，但那決不是因為英語呆板，反倒是美國人善用英語靈活的特色所發展

出來的結果。例如「珍把她的襪子放在桌上」這句話，英語會譯為：

Jane put her socks on the table.

　　從字面意思我們可以將此句解釋為「珍將自己的襪子移動到目的地（桌上），並且讓襪子接觸到 (on) 桌子」。因為 put 動詞後面必須有「目的地」才能讓接續的受詞有所依靠（被放置），所以這裡的 on the table 在整個句子中扮演了相當重要的角色。

　　接下來的例句要講的是「穿」襪子而非「放」襪子。對中文而言，「穿」和「放」是兩個完全不相干的動作，但英語卻可以用相同的動詞 put，而只需將目的地從桌子改成腳，便可以改變整個句子的意思。

Jane put her socks on the (her) feet.
（珍穿上她自己的襪子。）

　　在我們的觀念中，襪子本來就是穿在腳上的，所以不需要刻意去強調 feet（腳）這個目的地，否則會讓人有「畫蛇添足」的感覺。除非有特殊的場合需要特別強調襪子的功能，要不然習慣上都會將 feet 省略掉，也就是變成 Jane put her socks on.

　　再者，根據英語句型本身的律動、以及英語特有的特徵「重要訊息放句尾」這兩者綜合的結果，如果將順序改為 Jane put on her socks. 說法會來得更為精簡。所以 put 和 on 便從各自獨立的用法，合併為一個動詞片語，而有了新的含意「穿」。同樣地，衣服穿在身上時就可以說成 have on，脫掉則為 take off。

Jane took off her socks.

　　就像前面所述，脫襪子自然是從腳上脫下來的，除非珍愛開玩笑，把襪子穿到頭上，才需要說 Jane put her socks on the (her) head. 同理，把襪子從頭上脫下來的特例中，不尋常的起點 the head 當然也不能省略囉! Jane took her socks off the head.

　　我們現在實際從書上擷取一段關於 take 和 put 的句子來看看:

Andy **took** his coat **off** the peg and **put** it **on**. Also he **put on** his hat and his gloves. Then, picking up his wallet, he walked out of the house. —— Gregory Wilson, *Run, Son, Run*

（安迪自衣架上取下他的外套穿上，又戴上帽子和手套，然後拿了錢包，走出家門。）

　　如何? 有沒有覺得整段文字將一連串的動作描述得相當順暢? 學英語有個重要的觀念，那就是「與時推移」，不管是說話或書寫時，學習掌握住事件先後順序、按部就班的原則，那就對了。

9.　從 put on 衍生出 pull on

　　在英語的發展過程中，有一個重要的特徵就是，將原本不相干的兩個獨立單字湊合在一起，創造出了所謂的片語，同時它們所表現出來的功能遠遠超過了 1 + 1 = 2 的刻板印象。在本書中，已經介紹了相當多類似的句型，如〈動詞 + 介系詞（副詞）〉等，現在我們再來談談 put on 以外的用法。

　　先前已經提過，依照動作流程，將衣服穿在身上為 put...on，相信各位都已經學會了。除了 put 之外，pull 也適用於這種句型。

Jane **put on** her shoes.

（珍將鞋穿上。）

　　如果珍現在要穿的是長靴子的話，該怎麼說呢?

Jane **pulled on** her boots.

當然囉！如果你這裡要用 put on 也是可以的，但總沒有 pull 那種「把長靴從下拉上來」的感覺來得貼切。

同樣地，脫掉靴子就是 pulled off her boots. 如果要描述珍很累，隨便將靴子脫掉甩到一邊時，可以說成：

Jane **kicked off** her boots.

不知各位的腦海裡有沒有浮現出珍累個半死、視脫靴子為一大煩事的景象呢？

除了穿衣、穿鞋外，pull 尚可用在其他物件上，例如「肯特打開了啤酒瓶的蓋子」這句話，也可以用 pull 來表現：

Kent **pulled** the top **off** a bottle of beer.

整個句子「將瓶蓋拉開，脫離瓶身」的意念相當地流暢，當然這個句子也可以略作 Kent pulled off the top. 理由和我們之前解釋襪子的道理一樣，就是要懂得捨棄原先在完整句子中視為必要，但從人們的常識，或之前會話提到過的有共識的字眼（例如上句中的 a bottle of beer），如此才是自然不造作的用法。

第 VI 章

讓動詞自由翱翔的文法

1. 如何正確地使用假設句型

先讓各位動動腦，想想下面的例句是什麼意思？

Where could you buy toys?

想出來了嗎？句中的 could，就是本章節即將要介紹的「假設法」。但在這之前，先把思維拉回到文法中最單純的時態「現在式」上，也就是把句中的 could 換成 can，變成 Where can you buy toys?（到哪裡去可以買到玩具？）的句型。這個句子隱含著說話者「現在有需要去買」，或是「預計說完話就要出發去買」這樣的心態。相反地，如果把 can 再換回 could 假設語氣，心態很明顯地就變成「現在並沒有打算要買，只是先問問，萬一到時要買的話～」。就如同我們在字面上所看到的，文法規定以過去式來表現假設的句型，目的是要以過往事件相對於現在的「距離感」來凸顯「非當下時刻」的印象，因為是間接性的，所以說法也較婉轉、禮貌。關於假設句與敬語表現的相對關係，在第 143 頁中另有詳細的圖解說明。

提到假設用法，有一點需要各位特別留意的是，用法要力求簡潔有力，不可拖泥帶水。也許是因為受到以前「公式學習法」的影響吧！原本只是一句單純的假設問句 Where could you buy toys? 大部分的人卻會說成 If you should buy toys, where could you buy them? 這樣枝節繁複的句型。當然 if 子句絕對不可省略的情形也是有，但除非必要，例如語意不完整時才會使用，否則就會像上述的例子一樣極為拗口不自然。

譬如「如果我是你的話，我應該不會這麼做吧！」這句話，要是按照公式帶出來的話就會變成 If I were in your position, I would not do such a thing. 但是在正常的狀況下，尤其是在實際會話中，是不太有機會這麼說的。因為通常說這句話時，不論說

話者或是聽者都已瞭解實際的內容, 根本不需要再加註 if 子句來補充說明。所以正確的說法應為:

I wouldn't do that.

　　如果遇到一定要用到 if 子句的情況時, 它的正確用法有兩種: 其一是先說 If...條件子句, 將整句話的假設中心思想先帶出, 然後再補述可能的結果: 「如果～那就～」; 其二就是先說可能的結論, 後面再接續 if 子句。

[If子句前導型]

If women were allowed to vote, we would soon see a blessed change.── *Annie*

（如果允許婦女擁有投票權的話, 相信不久的將來就會漸入佳境。）

But if I wanted help, really, I would have asked for it.
── *Topgun*

（但是如果我需要支援的話, 我就會開口求救了。）

[主要子句前導型]

I don't mean to hurt your feelings, but you might have thought of that before if you have any imagination.── *Blitz*

（我真的無意要傷害你, 但在你有任何想法前, 應該就先想到這一層啊！）

　　此外, 我們在日常生活中也經常會用到 Would you give me a favor? 這句話, 其實它就是 If you would give me a favor, I would be very glad.（如果你願意幫我忙的話, 我會非常高興的）這句話的省略倒裝句。它不僅省略了主要子句 I would be very glad, 同時將 if 子句倒裝過來, 而完成了這句簡潔又方便的句子。順帶一提, 條件子句倒裝的用法為先省略 if, 然後將 could, would 或 should 挪到句首： If you should go there,...→ Should you go there,...

　　總結上述的說明，使用假設句時一個相當重要的觀念便是，決不要深陷在 if 子句加主要子句的泥沼裡，而要懂得適時刪減，尤其是要善用 would 或 could 等的助動詞，才能完美地表達假設的句型。另外像〈if 子句 ＋主要子句〉的句型，在會話中常可見到 but if 連用，例如前面的例句便是。

　　再說得明白點，也就是當遇到「用膝蓋想也知道」、或是「常理如此」的事情時，請儘量避免再遵循刻板的文法——贅述，而以「講求溝通效率」為最終的要點。（請參閱第 187～190 頁的說明。）

2. 進行式的要點

　　要描述某一動作當下正在進行的狀態，中文講「現在正在做～」、「就是現在～」，這也就是我們即將要介紹的英語「現在進行式」的用法。所謂「進行式」，差不多就像是拿著攝影機連續拍攝某影像，帶有一段時間內持續的感覺。相對於「進行式」持續動態的拍攝，「現在式」則可以比喻為靜態的投影片或照片，指動作在某時刻的狀態，這和「現在進行式」是不盡相同的。

The spaceship is going toward Earth.

　　進行式強調的重點在於「動作延續不斷」的狀態，如同上面的例句，藉著 going 一個字來表現太空船「一直朝著地球的方向移動過去」的感覺，至於持續動作是發生在什麼時候，就沒有一定的限制了。如果是現在，那麼就搭配現在式的 be 動詞 is，如果發生在過去，順理成章地就用過去式的 be 動詞 was 了。

　　接下來我們特別舉出了以 sleeping, asleep 以及 sleep 三個

不同的動、名詞（這裡的 sleep 為名詞，解釋為「睡眠」）所組成的對話，讓各位領略一下時態變化的巧妙。

> Aurora: Rudyard...Rudyard, she's not breathing.
> Husband: Honey, she's sleepin'. The baby's sleepin'.
> Aurora: No. Rudyard, it's crib death.
> Husband: It's sleep. She's asleep, honey.
>
> —— *Hannah and Her Sisters*

（Aurora: Rudyard...Rudyard, 她沒有呼吸了！
Husband: 親愛的，她在睡覺，我們的 baby 在睡覺。
Aurora: 不！Rudyard, 她突然間就死了！
Husband: 她在睡覺啦！她睡得很熟，親愛的！）

相較之下，sleeping 表現出原形動詞 sleep「動態」的一面，強調正在睡覺的一時狀態；而 asleep 則是所謂「睡眠中」狀態的持續（asleep 中的 a- 原是 on 的意思），不帶有動作變化的意味。現在再舉個棒球比賽轉播中常常聽到的實例：

The ball is going...going...and gone! It's a home run!

（球一直飛……一直飛……不見了！這是個全壘打！）

這是個相當有動感的句子，不知各位有沒有感受到棒球擊中了球，然後球就一直向著看臺飛去的感覺呢？

既然我們提到了進行式是表現動作正在進行途中的狀態，因此我們可以說那是段「沒有開始、也沒有結束」的過程。但也因為它讓人意識到這種沒有起始的感覺，因此也就沒有辦法表現出確切的語感，而讓人覺得語句曖昧不清。例如：I teach French. 這句話，很明顯地讓人知道「說話者是法語老師，他是教法語的」。如果改成進行式用法：I am teaching French. 我們就不能肯定他究竟是不是法語老師，頂多只能說「他現在正在教法語」而已。

進行式與現在式的這種差異同時也表現在說法上。例如某人在別人家裡住了一段時間，當到了要向對方說再見的時候，下面 a, b 兩個例句都有可能是他選擇的方式：

a. Thank you very much. You **were** very kind to me.
b. Thank you very much. You **were being** very kind to me.

a 句的意思為「你真是對我太好了（而且你為人一直都這麼好）」；b 句則有「非常感謝你這段期間對我這麼好（本性是不是真的如此？我不確定）」的意思。因此，當要描述某人只是一時惺惺作態，而想故意以反話的形式來諷刺他時，便可以這麼說：

Sally **was being** kind to us at that time.
（那時莎莉對我們可是真親切啊！—— 事實上莎莉對我們極不友善。）

綜合上面的用法，我們歸納出「狀態 be 動詞以進行式的形式出現時，即表示動作者在某一段時間內的狀態或態度」。例如我們說 John is a moron. 時，表示「約翰是個低能兒」，它屬於一個事實的平述句，但如果要敘述「約翰故意裝白癡」時，就可以說成：

John **is being** a moron.

除了狀態動詞外，還有表示過程和瞬間動作的動詞，而這些動詞本身的含意也會讓整個句子表現出不同的意味。例如表現瞬間感的動詞 hit，若說成 Jim hit Bruce 時，意思是「吉姆打了布魯斯（一下）」；但如果改成進行式 hitting 時，意思變成正在，所以引申解釋為「（某期間內）連續打了好幾下」。

Jim **is hitting** Bruce.

也就是說，屬於瞬間性的動詞以進行式的時態出現時，可以

視為「重複持續地執行同一個動作」的意思。

　　但是表「過程」的動詞 die，可就不包括在上述的範圍內了。因為 die 是表示從生到死的一種變化狀態，所以下面的例句解釋為「正在逐漸 (即將) 死亡」是比較合理的。

Mary is dying.
（瑪莉即將死亡。）

　　萬一剛好在死掉的那一瞬間的話，就說成 Mary died. 而要表示她已經死亡的事實，則說成 She is dead.

　　在實際日常生活中，為了要避免這種不吉祥的說詞，通常都會改用較為委婉的 pass away, pass over, pass on 等的字眼。但若是新聞報導要報導總統或是某大官貴族死亡的客觀事實時，通常又會採取 dead 這種一針見血的說法：

Kennedy IS Dead
（甘迺迪總統死了。）

　　與「死亡」具有相同特質的動詞還有 open 這個字。

The window is opening.

　　這句話表示「窗戶正在打開中」的持續性變化，接著窗戶被打開了，就是 The window opened. 如果只是要單純敘述窗戶是開著的這種平述式的狀態時，則 open 就會從原先的動詞轉變為形容詞： The window is open.

3. 過去事件也可採用現在式

　　大家都知道，在學習英語的過程中，「時態」可說是佔了相當重要的份量。我們以往都將時態分為「過去式」、「現在式」以及「未來式」三種基本構造。但從英語的角度來看，句子的表

現除了「時態」 (tense) 外，還有「時間」 (time) 上的差異，而且這差異幾乎未曾被大家所重視過。

I **leave** home at 6:30 tomorrow morning.

（明天早上我 6 點半就要出門。）

不知你有沒有注意到句子中的動詞 leave 為現在式，所以在「時態」上屬於現在；但句中描述的內容卻是「明天早上」的事情，所以從「時間」上來看卻是未來的狀態。從這裡我們可以知道，在同一個句子中「時態」和「時間」的表現不一定都是一致的。換句話說，所謂的「時態」就是動詞的時間形式，而文句中內容發生的時刻，則是我們所謂的「時間」。

過去的事用過去式描述時，回顧方式是平鋪直述的；但當動詞改成現在式後，由於消弭了時態上的時差，所以即使敘述的是過去的事，但卻有歷歷在目的臨場感。這種現在時態的臨場感，從運動比賽的實況轉播中最能看得出來。

Yount **wears** numbers 19 on the back of his pin-striped Brewers uniform.　The strike 1 pitch by Blyleven **is** right across.　Strike 2.　The ball **pops** out of the glove of Beau Dias.　He **picks** it up and **fires** it back to the Indians' veteran right hander...　　　—— FEN, *Sport Live Cast*

（揚特穿著布爾隊背號 19 號的條紋球衣，投手布萊文投出了一好球。接著兩好球。啊！球從波迪亞斯的手套中彈了出來，他撿起球，火速地將球投給印第安隊經驗老到的右投手……）

4. 表現未來式的數種用法

介紹了上述「時態」及「時間」的不一致性之後，相信各位

已經不會拘泥在以往「過去的事情就以過去式動詞表示」的觀念裡了吧?!既然現在式也可以表現過去的事情，那麼同理可證，未來事情的表現手法也就不僅有未來式動詞一種而已了。

首先上場的是未來式的當然代表 will，基本上是用於「對未來事件的計畫或預定」上。

I **will** be back.── *Terminator*

這是電影《魔鬼終結者》中一句家喻戶曉的句子，意思相當明顯地表示是未來的計畫:「我會回來的」，也就是說和現在的時間沒有關係。(請參照第 142 頁。)

再者，由於 will 作名詞用時，意思是「意志、遺囑……」，所以， will 也可說是一個可以強烈反映出說話者主觀意志的字眼。

因此，當所要描述的未來計畫是「神的旨意或是人力不可違」這一類非自發性的命定發展時，用 shall 便比用 will 來得合適。

I **shall** return.

這是在第二次世界大戰時，美國將軍麥克阿瑟從菲律賓戰場退出時所說的一句名言。

除了 will 之外，另外常見的未來式用法還有 be going to... 以及動詞為現在時態的現在式。前者就像字面所顯示的進行式，帶有「(現在)正要做～」的開始著手進行的意味; 相較之下，比表示意志的 will 便多了具體的行動力。後者則是將未來的事件拉到當下討論，因為是視同眼前的現實課題來處理，基本上不會再改變，也就是說話者已經認定該事件發生有其必然性。

現在我們以實際的例句來比較一下這三者之間的差異。假設有人邀你週末同遊，你回以「很忙」沒空去，這時要怎麼說呢?

a. I **will** be busy this weekend.

b. I'm **going to** be busy this weekend.

c. I'm busy this weekend.

a 句純粹是在敘述一件未來預計要做的事情，而且根據實際狀況的改變，計畫也許會變更也不一定。b 句則是表達了從現在開始已經有了忙碌的跡象產生，因此要改變的機率並不大。c 句則表示說話者認為忙碌是已經確定了的，雖然是未到的事，但心理已產生切身感，不認為有改變的可能。

三種句型中，以 b 句為最多人所採用。尤其要注意的是，雖然它看起來是三個獨立的單字，但不論在發音或是書寫上，都會以幾乎是一個音的方式出現。

Sally: This is the last time we're **gonna** be like this.

Ann: Oh, I just plain refuse to get into that kind of thinking, Sally. Should not stop! I mean, we're **gonna** be best friends. Our babies **are gonna** be best friends. And we're all **gonna** grow up and be best friends.

—— *Friends*

（莎莉：這種狀況應該會是我們最後的一次了。

安 ：喔！莎莉，我才剛撇開這種不好的想法，你也不可以這麼想的！我的意思是，我們就快要變成最好的朋友，我們的小孩也即將會是最好的朋友，而且我們都將一同成長，一塊兒變成好朋友。）

在私下場合，美國人通常會連 we're 中 're 部分的聲音也捨去，變成 "we gonna"，連帶在書寫時也簡化成 we gonna...的形式。

本書在最前面的時候曾提過，語言是人類用來溝通的重要工具之一，而且可說是極為「細膩」的工具，因為它可以巧妙地將

人類心態上些微的差異都表現出來。本書所講解的文法，目的就是要帶領學習者，藉由找出字面上難以一窺的規則，以期能在實際的對話溝通中，「捕捉」住這種語言上的「細膩」感受。

5. 不定詞的基本用法

在英語的世界裡，〈to + 原形動詞〉，也就是所謂不定詞的句型是相當常見的。

We are ready to leave.

（我們準備好要出發了。）

I'm so glad to come to the party.

（我好高興來參加宴會。）

為什麼這樣的用法就叫作「不定詞」呢? 其實相對於不定詞，英語當中也有所謂的「定詞」 (finites)，一般常用的動詞都屬於定詞。例如 be 動詞，相對於不同的主詞，它就會有不同的用字變化：

I　　　　→ am
You　　　→ are
He/She　→ is

am，are，is 的使用分別受到前面主詞的限定，而且是固定配對的關係，所以我們稱這類的動詞為「定詞」。

至於〈to + 原形動詞〉的用法又是如何呢?

I like to play tennis.
You like to play tennis.
He (She) likes to play tennis.

由這些句子中我們可以發現，不管前面的主詞是 I，You，

He 還是 She，〈to + 原形動詞〉的部分都一樣，不受到限定，所以我們稱它為「不定詞」(in-finites: infinitives)。它不僅不受主詞的影響，同時也不會受時態的影響，永遠都是原形動詞的時態。（根據以往歷史的記載，原本它是有語格變化的，但現在的英語已經廢除了那套用法，僅以原形方式出現。）

現在，讓我們再具體舉個不定詞的例句供各位參考：

The Apollo 11 went to the moon to get some rocks.

（阿波羅 11 號前往月球取了一些岩石。）

不定詞的 to 基本上和介系詞的 to 一樣都具有目標性「向著、往～」(= towards) 的意味。因此上面的例句我們可以分析為「阿波羅有個目標（要去拿石頭），為了向著這個目標前進（達成目標），所以登上了月球」。

由這樣的觀念再衍生出的用法便是「（預定要）去做～」等，表示未來志向的意味。

6. 不定詞廣泛的用法

不定詞的用法當然不會就到此告一段落囉！它被賦予的功能還多著呢！但不論它作何種用法，都將不會脫離「未來預計及期待」這個意念。

首先讓我們探討它作形容詞用，用來修飾名詞的例子。最常見到的就是「預定要～的東西（事情）」，例如「預計出發的時間」可以說 time to leave，「預計要吃的食物」為 food to eat 等。這類型的用法特徵在於：不定詞會跟在名詞後面，作為修飾名詞用。其中最典型的用法便是 something to drink（（預定）喝點什麼），something to read（（預定）讀些什麼）這種說法。

有趣的是，這類不定詞最早被視作副詞片語「去喝（讀）～地」的用法，和 something 並沒有所謂修飾的關係；但因為不定

詞和 something 兩者一直都處於前後的位置，所以逐漸地便將不定詞 to 視為形容詞的功用，用來修飾 something。

在實際日常會話中，這類典型的例句都會搭配 give 或 show 之類的動詞一起出現：

Give me **something to drink**.
（給我一些東西喝。）
I will show her **something to read**.
（我會拿些書給她看的。）

接著我們看下面的例句：

I had a chance **to talk** with him.
（我有個機會和他說到話。）

這個句型構造我們可以視為：　to talk with him 修飾 a chance。

[a chance | to talk with him |]

除了形容詞的用法外，不定詞作為副詞功用的句型也相當多，而且多半是用於表示「目的」（為了做～）、或「結果」（之後做了～）的意思。

a. Ted bought the land **to build** his new house on it.
（泰德為了要蓋棟新房子而買了一塊地。）
b. They stopped **to smoke**.
（他們停下來抽煙。）

乍看之下，會覺得目的和結果這兩種用法應該是完全不同的，以句子的結果來看或許是如此；但就本質而言，兩者其實是共通的。就拿 a 句來說吧！泰德買地是個既成的事實，但蓋房

子則是將來的事，所以解釋上便成了「為了將來～而（預先）做～」。而 b 句中，他們停下來也是個既定的事實，抽煙則是之後發生的動作，所以也能算是未來的事。唯一的差別只是， b 句抽煙這個動作並沒有強烈目的的意味，只能說是順著上一個動作（停下來）自然連接下來的感覺，所以把它歸類為動作的結果。

這種作為結果用的不定詞 to，由於文法上的功能性本來就較弱，再加上所修飾的動作順序「做～後，做～」，和英語從左到右的敘述原則相同，因此，如果句子的「未來性」含意不強時，便常見到美國人以 and 來替換 to：

Please **come to see** me sooner.

→ Please **come and see** me sooner.

（請儘早來看我。）

最近也經常會看到兩個動詞直接連在一起，而將中間的 and 省略的句型：

Hey, Al, **go get** him, will ya? —— *Beverly Hills Cop*

（嘿！艾爾，我們去教訓他一頓，你看如何？）

在這個句型中，不定詞完全消失，自然也就沒有所謂「未來性」的意涵。

總而言之，不定詞作副詞時，有時不可省略，有時則可用 and 代替，判斷的標準端看語意的「未來性」是否明顯，而這點則可以從當時的情境或常理上來觀察。下面是學校文法中，談到不定詞的「結果」用法時，常會引用到的例子。

My grandfather lived **to be** 90.

很明顯地，這個句子我們該解釋為「活著到了 90 歲→一直活到 90 歲」，而不會變成「為了要到 90 歲，所以一直活下去」。其實這根本沒有什麼大道理可言，純粹是依照每個人的常

理判斷，而後者的解釋顯然太過於牽強。至於前者，除了常理判斷外，從語序上逐一判讀也可得出相同的語意。「祖父→活著→到90歲」，這種用法的 to 幾乎不含任何目的意識，因為它代表的是極其自然的狀態，在讀法上同樣輕輕地帶過即可。

7. 單字排列的前後順序和不定詞間的關係

歸納前述關於不定詞 to「結果論」的幾種用法，如果沒有強烈的目的意識、以及文法上修飾功能也弱的話，這時直接就英語造句由左至右的語序判讀即可。尤其是書面的文字表達，通常左邊的字都用來修飾右邊那一個，像是名詞前面會有冠詞 a 或 the 來修飾它，久而久之，我們便得出了一個結論：「在 a 或 the 的後面一定會有名詞出現」。同樣的道理，若要對名詞再多加點修飾的話，可以在 a (the) 和名詞中間再加個分詞，例如 a sleeping baby, the lost secret 等。

但當 to 作為修飾詞時，不同的地方在於，它是接續在所修飾的名詞後面。當修飾意味強烈時，表示「未來的目的或預計」的語感也強；如果修飾的意味薄弱，按一般敘述句從左到右開展，如上述「活到90歲」例句的方式解釋該段文字也就可以了。

附帶一提，如果說話者希望能更明確地表達出目的用意，這時可以在 to 的前面加上 in order 而變成 in order to...的形式出現，原意是「處在～目的的順（秩）序當中」，但這種說法有些刻意。

Tom practices karate **in order to** improve the mind.

8. 使用不定詞的適當時機

根據以往的調查資料我們可以發現，不定詞在英語的世界中

算是最常出現的用法，而且「不定詞 to + ～」的比例也佔了 to 全部用法約 40% 的份量，頻率只略少於 to 作介系詞用的情形。其中又以做為主詞（第 107頁）及修飾片語的用法為最多，令人意外的是， It is (was)...for ～ to...的句型佔不定詞 to 全體的 38%。（句型 It...to 的構造說明請參照第 134～136頁。）

Come off it, Ray. It is quite natural for Susie to get angry. ── *Rain Man*

（瑞伊，你稍微節制一點吧！也難怪蘇西會生氣。）

另外像下面的例句，在日常生活中也經常會聽到：

  a. **I'm glad to meet you.**

　　（我很榮幸能見到您。）

  b. **I'm happy to be here.**

　　（我很高興來這裡。）

a 句是兩人初次見面時互相寒暄的禮貌用語；而 b 句則是某人到某地拜訪時的慣用語。此外像下面的用法也相當常見：

  c. **To open, cut here.**

　　（請切開此處以打開（封口）。）

  d. **Pull to open.**

　　（拉開此處使可打開（封口、瓶蓋）。）

  e. **To be continued.**

　　（待續。）

假設你現在手上拿了一個西式的果汁包裝袋，那麼袋口上就會印上 c 句的字樣，表示「如果要打開封口，請（用剪刀或其他工具）切開這裡」；如果手上換成一個裝零食的袋子，那麼可能就會印上 d 句的字樣，告訴你「要打開的話，必須用拉的」，意思是說「請由此處撕開」。另外當我們看電視連續劇，到了劇終

的時候，電視螢幕上便會打上「待續」兩字，也就是 e 句的 To be continued. 仔細分析這個句子，便不難感受到「（連續劇）朝著被持續的狀態前進」中 to 所含的意味。

　　既然有這麼趣味性的、極富生活化的英語句子，難道還有人會願意只去死背那些枯燥乏味的單一句型嗎？相信應該沒有吧?!希望各位能確實掌握不定詞靈活的用法及基本的含意，如此才能將語言與生活做最密切的結合。

在速食店內

　　如果你走進美式的漢堡店或炸雞店，然後站在櫃臺點餐時，點餐人員通常都會問這麼一句話：

For here or to go?
（在這裡吃還是外帶？）

　　如果要帶走，就請你回答 To go! 如果要在店內食用，則回答 For here. 或 Here. 就可以了。雖然僅僅是這麼簡單的兩句話，但它們卻包含了美國文化及風土民情的成份在內，可說是個饒富趣味的用法。

9.　不定詞和動名詞間的差異

　　不定詞除了有上述的各種用法外，它也可以作名詞用，表「做～的一件事」。

To smoke is bad for your health.
（吸菸有礙你的健康。）

　　接著，我們就來探討這個作為名詞用的不定詞，和動名詞

(-ing) 間究竟有何差異。

　　之前我們講解過進行式（如 going）的用法，就是「動作已開始執行，且一直在持續中」，而我們的著眼點就放在「正在進行中」的那一小段時間內。

　　藉由這種 -ing 的形式，英語便從「正在做～」的動詞狀態直接衍生出「正在做的那件事情」的名詞用法。

類似動詞		動詞性	變化	形態上
	go	高	可以	動詞本身
	to go	低	不可以	仍為動詞型
	going	極低	不可以	已不是動詞
類似名詞				

　　也就是說，只要將原形動詞加上 -ing 之後，就可以以名詞的面貌出現。根據上表我們可以瞭解，to go 和 going 的差別就在於 to go 仍然算是動詞的用法，而 going 則已經算是一個名詞了。

　　所以原本是個動態性質的動詞，在接了 -ing 幾個字母後，動態感便逐漸消失，而讓名詞的特性取而代之跑了出來，成為「正在做事的那個狀態」、或是「正在做的那件事」。我們稱這種加了 -ing 的動詞為動名詞，而且它也和名詞一樣，有時可以作為主詞，有時則可以作為受詞。

　　I like **flying**.

　　這句話翻譯成中文相當簡單，就是「我喜歡飛翔」。這裡的 flying 就是作為 like 受詞的動名詞，意思是「喜歡飛翔中的這件事」，它已經完全沒有任何飛的動作感在裡面，純粹只是敘述「飛行（狀態）」這件事而已。但如果將 flying 換成 to fly，便會給人要去飛的感覺。同樣地，如果把 flying 換成單純的名詞

planes，則就是一句單純的直述句「我喜歡飛機」。

我們在學校學英語時，經常會遇到下面的考題：將第一種用法改成第二種用法，也許句子大致的意思大家都知道，但如果請各位將這兩句話的差別講出來時，相信大多數的人都模模糊糊、搞不清楚吧?!

To smoke is bad for your health.
→**Smoking** is bad for your health.

第一句用不定詞 to，有「未來預計」的基本意念在其中，所以句子可以解釋為「如果你抽香煙的話」；而第二句動名詞的用法，則是單純表達「抽煙這件事」的名詞化概念而已。

中文「百聞不如一見」這句成語，翻譯成英語，同樣可以用不定詞 to 及動名詞 -ing 兩種用法呈現，結果當然也就如同上述抽煙的例句一樣，會有些許不同的差異：

To see is to believe.
→（去）目睹，就是（接著）採信。
Seeing is believing.
→（在某時的）目睹（狀態），（同時）就是採信（狀態）。

第 VII 章

身負重任的名詞

1.　與日常生活密不可分的名詞

　　在英語的世界中，不須藉由其他詞語輔助、本身單獨存在即有意思者，唯名詞莫屬了。但可別誤以為名詞是語言中的萬靈丹，只要有了它，有沒有其他的辭彙都沒關係，那可是無法達到完全溝通的目的的。各位在學英語時，首要的重點就在於學會日常生活中最常使用的、與生活息息相關的辭彙，而「名詞」正巧扮演著這樣的角色。但是名詞這麼多，該怎樣才能全都學會呢？光是一股腦兒死背是行不通的，所以有人想出了系統化、族群概念化的觀念，讓大家得以快速又便捷地記住那些多樣化的名詞。

　　各個國家之間的國情、文化不同，因而造成人與人之間對事情的看法也不盡相同，在本書一開始時提到「太陽東升西下」的觀念，即是一個最明顯的例子。又由於對事物觀念上的差異，理所當然地會造成語言上的隔閡；也就是說，某現象是否為該國所重視、某事物是否會對該國文化造成影響，都會從語言中一一表現出來，而形成了一個重要片語，或僅是一個簡單的單字等。

　　再回過頭來想，就是因為有了各種不同的單字世界，所以人類才能藉由語言這副超大眼鏡，瞭解世界各國的風土民情。例如「魚」是我們相當重視的食物，所以根據烹煮方法及魚肉味道，會有「鰈魚」以及「比目魚」的差異；但對美國人來說，他們卻通稱為 flatfish；再如英語的 shark，我們也有「鮫」及「大鯊魚」兩種不同的分類。

　　此外，在日本飲食文化中佔有一席之地的海帶，從觀念上或是在外型上被日本人區分成好幾類，有紫菜、昆布、海帶芽、海藻……等。但在英美人的生活中，或許是因為海草對他們的飲食並沒有多大的影響力，所以他們並不會刻意去區分這之間的不同，而僅以 seaweed 一個單字統稱之。問題是 seaweed 真正的含意是「海裡的雜草」，若是不懂得日本飲食文化，而僅看表面

這幾個字的話，相信沒有多少人會對那樣的食物感興趣的吧!

　　當然囉! 市面上也有出版分類型的專門大辭典，其中就會提到「海苔 = laver」、「昆布 = kelp」，但這些字對英美人來說過於冷僻，也許好幾年也不會說上一次。有趣的是，由於近年來海外日本飲食風盛行，因此便發明了一個新的字眼: sea vegetable，表示「海裡的蔬菜」，是不是感覺比「海裡的雜草」來得更高尚了呢?

　　我們再舉些原本歐美文化裡沒有的食物，但一些日本外銷業者為了能順利地打入國外市場，所以絞盡腦汁在單字上動腦筋，以下就是原英譯和新譯名的比較。

名稱	英文	說明及新譯名
豆腐	Bean curd	現在 tofu 這個字已為世界所通用，尤其還有著名的豆腐漢堡、以及豆腐做的冰淇淋 toffie。
蒟蒻	Devil's tongue	英語字面意思為「惡魔的舌頭」，不僅無法讓人理解為什麼會有這樣的翻譯，而且更讓人「聽」之卻步。曾有一段時間為韓國翻譯的名稱 Yom's cake 所取代，但最近多改用直接的音譯 konjac 這個字。
納豆	Fermented beans	Fermented 是指「發酵」的意思，也就是豆子腐敗然後發酵的成品。儘管是再好吃的東西，只要聽到這樣的解釋，相信馬上就會沒有食慾了。所以直接音譯為 natto (beans) 即可。
紫菜	Sea weed	Weed 是指雜草，想到嘴裡吃的是雜草，必定會覺得很掃興吧! 所以可以改為我們前面提到的 sea vegetable 或是 sea spinach。
味噌	Fermented soy beans	還是受到 ferment 這個字的牽累，讓人對這個食物打了折扣。現在已都改用音譯 miso 了。
魚板	Fish paste	光看這兩個字，似乎就可以聞到魚腥味 (fishy smell) 一陣一陣地飄了過來，蠻不舒服的感覺。現在一般的生鮮超商都只簡單扼要的以魚漿的日文直接音譯: Surimi 統稱。

2.　親戚稱謂的差異

不同文化概念所造成的中、英文差異，在上述名詞的世界中一覽無遺。例如中文講「有兩個哥哥」、「有一個妹妹」，但翻譯成英語時就變成：

I have **two brothers**.
I have **a sister**.

因為在英語的說法中，通常只強調本人和兄弟姊妹間的手足關係，而並不在意誰較年長、誰較年幼，因此這兩句話有可能解釋為「我有一個哥哥、一個弟弟」、以及「我有一個姊姊」。如果硬將哥哥翻譯成 elder brother、妹妹翻譯成 younger sister，在我們看來是很正常；但對英語來說，卻覺得是刻意強調的一種特殊用法。而且與其用 elder 及 younger，倒不如用 big brother （（可依靠的）大哥）及 little sister （（可愛的）小妹）會讓人覺得更為自然、親切。

再舉個與親戚相關的例子，各位想想其中 family 所指的人為何？

My family is not here in town.

其實意思很簡單，就是「我的家人都不住在這個鎮上」，但你知道這裡的家人指的是誰嗎？通常我們聽到這句話時，腦中立即想到的就是父親和母親。在美國人的觀念中，family 也是指有親子關係的親戚，如果說話者沒有結婚的話，那麼這裡的 family 指雙親當然大家都沒有異議；但如果他是已婚的話，這裡的 family 就是指他的妻小了。很顯然地，因為國情的不同，我們多傾向從前者思考。所以如果國人不問文理脈絡，只一味地從自己的觀點出發，相信這個學習盲點是很不容易突破的。

> ### 「嗨！大夥好！」
>
> 美國人常用的寒暄中，有這麼一句：
>
> How's your **folks**?
>
> 意思是「你家人最近都好嗎？」這句話如果改成 Hi, folks! 則意思變成是一群朋友見面時，互相打招呼的親暱說法。其實不論哪一國的人，只要見到了好朋友，都會習慣打聲招呼、互相寒暄兩句，以藉機拉攏彼此間的感情，所以美國人說 **Hi, folks!** 而我們便說「嗨！大夥好！」

所以為了避免因語言化的差異而造成彼此間的誤解，不妨考慮直接說清楚。以上面的 family 為例，如果要敘述的對象是「雙親」，那麼就用 a 句；而已經結婚、現在遠離妻小、一個人單獨被派駐在外地上班的先生，就可以用 b 句的句型表示。

a. My parents are not here in town.
b. I'm living alone right now; my wife and my children are out of town.

同樣的問題也發生在其他親戚的身上。例如我們有「叔叔（伯父）」、「阿姨（嬸嬸）」等的區別，但英語僅是以簡單的 uncle 和 aunt 兩個字含括了同輩份內的所有親戚，其實和 brother 及 sister 的道理是一樣的。

還有一個讓大家觀念模糊的名詞 relative，我們翻譯成「親戚」或是「家族」，所以當國人看到下面的例句時，或許會覺得怪怪的，但美國人卻覺得再自然不過了：

My father is the closest **relative** to me.

這句的意思並不是指「爸爸是我最親的親戚」，而是單純敘述「在整個家族中，父親和我的（血緣）關係最近」，所以這句話不論在文法或是想法觀念上，都算是沒有問題的。

總之，了解母語使用者的思維模式，對於學習該國語言的外國人來說，是絕對有必要的。

3. 建構心中的那本單字簿

談完了文化差異造成的語言隔閡之後，現在我們暫且將那些差異撇到一旁，來談談如何具體地掌握名詞的用法。例如我們知道有一群同質性的名詞，那麼我們就該進一步瞭解這個族群的內部構造為何？他們是藉由怎麼樣的發展關係而組合在一起的？只要我們能掌握一個族群的中心思想，在心中建構一本功能健全、屬於自己的名詞簿，相信再多的單字也難不倒我們的。

首先請看看下頁的圖片，這是美國語言學家在 1975 年對英美人所作的調查結果。他們以一個單字為出發點（刺激語），激發大家的聯想力以及隨即的反應，以試圖瞭解英美人心目中的名詞簿究竟是如何建構而成的。

他們以 red 為中心概念，被測試者隨即反應出同為顏色族群的名詞：orange, yellow, green；另一方面，他們又想出了紅色的物體如：紅色的蘋果、櫻桃、玫瑰花，以及會產生紅色現象的日出、日落等。但很顯然地，這些紅色的事物比起同為顏色族群來說，關聯性又略遜一籌了（連接線愈長，關聯性愈弱）。

在學習英語的過程中，利用顏色、材質等等的分類，可以聯想出日常生活中相當多的重要名詞，並且藉此連成一個網狀組織。當然囉！這個網狀組織絕對不會只限於同性質的單字而已，只要在概念上屬於同一個中心思想的，都可以納入同一個組織中。

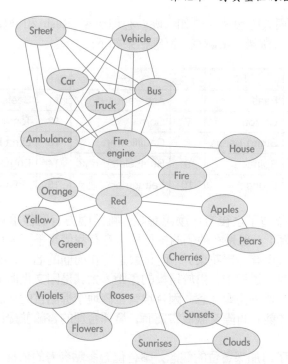

Collins and Loftus(1975)

　　例如上圖中的 car, truck, ambulance, fire engine 等單字, 前面兩個是 vehicle (車輛) 概念的典型名詞, 所以位置較中央; 後面兩個則是同一概念, 但聯想性較不直接的單字, 所以位於外圍。

　　我們再用蔬菜這個例子做具體的分類, 看看在日本學生的心目中, 蔬菜的排行榜是怎樣的:

順位	蔬菜	順位	蔬菜
1	高麗菜	4	紅蘿蔔
2	白菜	5	小黃瓜
3	白蘿蔔	6	馬鈴薯

美國人的想法又是如何呢？心理學家 Rush 和 Marbes 於 1975 年曾做過一項調查，反應結果如下：

順位	蔬菜	順位	蔬菜	順位	蔬菜
1	Peas	6	Asparagus	11	Beets
2	Carrots	7	Corn	12	Tomato
3	String beans	8	Cauliflower	13	Lima beans
4	Spinach	9	Brussels sprouts	14	Eggplant
5	Broccoli	10	Lettuce	15	Onion

各位看了之後有什麼感想呢？雖然兩方有同樣重視的蔬菜（白蘿蔔），但是在他們的排行榜中竟有我們幾乎不太可能想到的蔬菜（蘆筍、青花菜），而且還是排在前面的名次，不可思議吧！在學習過程中，對於這樣的差距，尤其是因文化而造成的語言差異，格外需要注意。因為唯有正確地掌握語言的發展性和多變性，才能在實際交談或書寫時，發揮合理的言論並提出適當的比喻。

為了再加深各位的觀念，讓各位有多點參考的依據，我們特別挑選了美國人心目中對「水果」、「交通工具」、「傢俱」、以及「衣服」四項東西的排列順序，以下就是各項的調查結果：

水果

順位	水果	順位	水果	順位	水果
1	Orange	6	Apricot	11	Pinapple
2	Apple	7	Plum	12	Blueberry
3	Banana	8	Grapes	13	Lemon
4	Peach	9	Strawberry	14	Watermelon
5	Pear	10	Grapefruit	15	Honeydew

交通工具

順位	交通工具	順位	交通工具	順位	交通工具
1	Car	6	Trolley car	11	Cart
2	Truck	7	Bicycle	12	Wheelchair
3	Bus	8	Airplane	13	Tank
4	Motorcycle	9	Boat	14	Raft
5	Train	10	Tractor	15	Sled

傢俱

順位	傢俱	順位	傢俱	順位	傢俱
1	Chair	6	Bed	11	Cushion
2	Sofa	7	Bookcase	12	Mirror
3	Table	8	Footstool	13	Rug
4	Dresser	9	Lamp	14	Radio
5	Desk	10	Piano	15	Stove

衣服

順位	衣服	順位	衣服	順位	衣服
1	Pants	6	Coat	11	Bathing suit
2	Shirt	7	Sweater	12	Shoes
3	Dress	8	Underpants	13	Vest
4	Skirt	9	Socks	14	Tie
5	Jacket	10	Pajamas	15	Mittens

在此特別一提的是，當你要問別人「你喜歡吃水果嗎？」

時，可千萬別說成 Do you like fruits? 而應該這麼說：

Do you like fruit?

因為原則上，fruit 這個字即表示多種水果的集合名詞，除非要特別強調水果的「種類」時才會用到 fruits，否則一般講 fruit 就可以了。

不過蔬菜和水果可就不一樣了，通常講到蔬菜時多是用複數形 vegetables；也就是說，在英語系國家裡，蔬菜被看成是單個單個蔬菜的加總，所以想到豆子，不管是 peas 還是 beans 一律都加上 s，就是這個道理。換句話說，相對於「水果」是不可分的整體概念，「蔬菜」則是各項個體匯集出的意象。（請各位注意前面的表格中，水果名幾乎都以單數形出現，而蔬菜類則有不少加了 s 的複數形。）

Will you go to the supermarket to buy some fruit?

有一項針對美國大學生所作的調查，幾乎所有的人都認為上面這句話聽起來很合理、沒有問題，但如果把 fruit 改掉換成 Will you go to the supermarket to buy some vegetable? 幾乎大半的人又都不能苟同這樣的說法，由此可以證明美國人對集合名詞 fruit 及單數名詞 vegetable 的觀念，可說是相當固定的。這句話在實際生活中是這麼說的：

Will you go to the supermarket to buy some carrots and spinach?

同樣地，美國人可以接受 fruit cake（水果蛋糕）的說法，但卻很少說 vegetable cake，而是具體地說出各蔬菜的名稱如：carrot cake 或 spinach cake，其中的原因就在於單數形 vegetable 和 cake 的組合「（單項）蔬菜（做成的）蛋糕」，語意上難脫牽強的緣故。

從以上的說明，相信各位應當已經理解美國人講「蔬菜和水果」時，會說 fruit 和 vegetables 的道理了吧！既然懂了，以後對於名詞單、複數的用法就要特別注意喔！

4. 不可數名詞的算法

中文和英語在數數單位上有很大的差異，例如我們覺得行李是可以數的，所以會說一件行李、二件行李；換成英語時，直覺反應就是 two baggages 或 two luggages。事實上，baggage 在英語中被歸類為不可數名詞，所以必須說成 two pieces of baggage 才可以。

在美國人的觀念裡，認為 baggage 是由行李箱、皮包以及手提皮箱等的包包所集合而成的名詞；因此拿出一件行李，就像是拿出部分 baggage 的感覺，所以會說成 a piece of baggage（luggage 也是相同的道理）。

使用 piece 作為數數單位時，必須是在該物有「完整的量化概念 (whole)」的大前提下，才能成立（請參照第 47 頁圖）。例如 a piece of paper，意思就是在不可數、數量不明確的 paper 中，單獨且具體地將一張紙 (a piece) 抽離全體。這裡的 of 和 off 一樣，都有原本隸屬於某物，雖然脫離母體後，仍未完全斷絕關係的概念。（請參照第 14 頁的說明。）

a piece of 可使用的範圍相當廣，它可同時用來形容具體的物件或是抽象的概念，但前提是該物體或概念必須是可以從全體 (set) 的狀況下被分離出來的細碎部分。

例如我們說「傢俱」，是指如衣櫃或餐桌等一件一件獨立可數的單位；而英美人講 furniture，則是指桌子、沙發、檯燈、衣櫃等所有傢俱的組合，差不多就是整棟房子裡的構成品的意思，所以是屬於一個整體感的概念。在單獨敘述時，必須要以 a piece of furniture 的形式出現。

還有一個概念是我們很容易誤解的，就是 information 這個字。我們中文講「很多消息」，所以偶爾在會話中、或是書寫上都會看到 many informations 的字眼。基本上，information 必須由「何時、何地、什麼事情、以及為什麼」這幾個因素所構成，所以是不可數的 much information，它的單位當然就像中文的「一件消息」一樣，變成 a piece of information。

有趣的是，會犯這類錯誤的不僅是我們喔！像德國人講「消息」，也是歸類為可數名詞，所以德國人在學英語時，也會犯下類似 lots of informations 這樣的錯誤。知道犯這項錯誤並非是我們的專利時，你是不是覺得欣慰許多呢?

會讓我們犯下上述錯誤的不可數名詞除了 information, furniture 之外，還有 work, progress, advice, luck, music, equipment 等常用的單字，只要稍一不留神，錯誤馬上跟著來，所以千萬不可不慎哪！如果我們要單一地數出這些單字，如「一個」、「一件」時，基本上和 information 一樣搭配 a piece of:

a good piece of work
（一件好的作品）

a piece of advice
（一個忠告）

a wonderful piece of news
（一件好的消息）

a piece of music
（一首音樂）

a piece of equipment
（一項器材）

如果要形容「些許數量」時，則可以用 some 來表示，如 some advice, some furniture 等。

在日常生活中，經常會聽到有些句型基於「經濟因素」的考

量（節省口水吧!?）而被省略。以上述的句型為例，我們來看一段海關檢查員和入境者在入關處檢查行李的對話：

A: How many **pieces**?

（幾件行李？）

B: Three **pieces**.

（三件）

5.　a water 講的是「一杯水」？還是「一桶水」？

　　一般我們在學校學英語文法時，會提到不可數名詞除了 information 及 furniture 外，還有液體類如 water, milk, coke 或 sugar, pepper, chalk 等，都算是不可數名詞的當然代表。雖說都屬於不可數名詞，可是我們又經常會聽到外國人說 a sugar，或是 a coke 這樣的說法，如果各位去查字典或是問外國人他們為什麼會這麼說時，他們便會向你解釋：a sugar 指的是一個具體形狀的砂糖，也就是「方糖」；a coke 則可以解釋為「一罐可樂」。

　　既然 sugar 和 coke 都可以加冠詞 a，那麼是不是同樣也可以說成 a water 或是 a chalk呢？當然了，從本書所一直強調的觀念中，我們知道「所有的名詞都可視為可數名詞，不同的只是程度上的問題罷了」。換句話說，所謂的「可數」，並不在於名詞本身，而是取決於我們用何種角度去看待它。

　　例如液體和氣體，本來就是無法用具體的方式把它們分開，算出「一個水」或是「一口氣」，所以如果我們沒頭沒尾地冒出「一個水」這句話時，聽者可能根本就搞不清楚說的是一杯可以飲用的開水、還是一桶洗手水，除非有當時實際的狀況輔助，才可能清楚地知道這裡的「一個」，是指一杯水、一桶水、還是一瓶水。

那麼為什麼 a coke 就沒有這樣的困擾呢? 因為 coke 唯一本來的用途就是拿來「喝」, 而且大街小巷都有自動販賣機, 裡頭放的也就是一瓶一瓶的可樂, 所以從實際的經驗中, 我們便很自然地接受了 a coke 這樣的說法。同樣地, sugar 除了粉末狀以外, 還有一粒一粒、用來泡紅茶、咖啡的方糖, 所以 a sugar 的說法也很容易為大家所接受。

說了半天, 到底 a water 的說法行不行得通呢? 就像前面所說的, 如果沒有前因後果, 突然沒來由地就蹦出 A water! 這句話, 當然是沒有人能接受的, 所以在說這句話之前, 一定要作更具體的補述, 例如:

I'm so thirsty...Give me **a water**, please!

(我好渴……拜託給我一杯水!)

如果沒有語言方面的補述, 用肢體語言告訴對方「我要喝水」、「我要洗手」等動作當然也是行得通的。

同樣的狀況, 當某人走在路上, 冷不防地對著路上行人說:

Excuse me, where can I get **a chalk**?

我保證他得到的答案一定是「什麼?」因為在英語字典裡, chalk 的解釋為 a soft, white, powdery rock, 很容易讓人聯想起「石灰岩」, 所以沒頭沒腦地突然問人家這句話, 誰會懂他在講什麼呢? 但如果把場景移到學校的走廊上, 問同樣的一句話時, 相信一定馬上就可以得到他想要的答案吧! 因為在學校裡聽到 chalk, 馬上就知道是寫黑板用的「粉筆」, 所以對方接到訊息之後, 應該就會回答「你到辦公室或器材室去找找看」。

其實說穿了, 這裡的狀況就和 a water 是一樣的, 必須要在適當的地方、適當的時機、並且用適當的辭彙, 才能真正達成溝通的目的。下面的例句是敘述一位美國老師對學生講的話, 而且經常可以在校園裡聽到:

Go get **three chalks**, Jim.

（去拿三枝粉筆來，吉姆。）

　　以上所介紹的不可數名詞，如果在名詞前面加了代表個別意義的形容詞，例如 a long chalk 或是 two yellow chalks，以用來限定該名詞時，就會讓這些不可數名詞變得更容易數了。例如早餐、晚餐，原本是不可數的名詞，但加了形容詞之後，就可以加上冠詞 a 以作為具體的表現。

I eat **breakfast** at seven.

（我 7 點吃早餐。）

→ I had **a big breakfast**.

（我吃了一頓豐盛的早餐。）

Let's go out for **supper** tonight.

（我們今晚出去吃吧！）

→ They enjoyed **a plain dinner**.

（他們喜歡吃清淡的晚餐。）

6.　some 和 any 的特徵

　　量詞 some 和 any 經常被拿來各自對應肯定句與否定句，因為大家都知道 some 常被用在肯定句，而 any 常被用在否定句裡，但事實上這兩者本身並沒有這種對比的關係。some 的基本含意為「一些」，也就是相對於全體的 all，有「部分集合」的意思。因此我們說 some sugar，並沒有限定糖的數量，只是模糊地表示砂糖存在的意思。

　　至於 any，基本上與 a 及 one 有相關性，可以說是「從存在的數量中，任意從中抓取一個」的意思。所以我們常用的 not...any 否定句，就可以解釋為「儘管從中隨意抓取一個，也都

會被否定」的意思；簡單地說，就是「全盤否定」、「無一」的意思。

下面有兩個都是否定句的例句，其中 a 句表示「不喜歡〈部分的〉學生」，也就是所有的學生中，有喜歡的、也有不喜歡的；而 b 句表示「不管哪一個學生都不喜歡」，也就是全部都討厭的意思。

a. I don't like **some** students.

b. I don't like **any** students.

第VIII章

順利傳達訊息的好幫手

1.　第一次的 a, 第二次以後的 the

關於冠詞 a 和 the, 本書曾於第二章中講述過部分觀念, 本章節將從另一個觀點來探討其它的用法。

講到英語, 不管是說話或書寫, 首先想到的就是主詞, 其次是由主詞所牽引出來的動詞。通常一句話的核心毫無疑問地都是由動詞來擔當, 但有一個讓訊息可以順暢無誤地傳達出來的主詞, 也是必要的條件之一。

講到主詞, 我們知道通常都是由名詞所構成, 多數人尤其對加在主詞前面的冠詞 a 和 the 感到困惑, 其實分辨這兩者的觀念很簡單。原則上一整段話中第一次現身的名詞, 也就是在對話中聽者首次接受到的訊息前面加不定冠詞 a(an); 之前已經提及過的名詞、或是被認定為普通常識的訊息前, 則加定冠詞 the。

例如, 在講述一段古老的故事時, 通常都是以這樣的開端來介紹主角上場: There was once **an** old man in a small village in England. 之後只要有關這位老人家的故事, 都會用**The** old man... 來敘述後續的故事。

如果後續的描述我們不用 the 而用 An old man 的話, 會引起讀者的混淆, 讓人家搞不清楚這裡指的是之前提過的同一個老人, 還是又有另一個新的老人出現? 所以記得只要是已經出現過的、對方已經知道的訊息, 就用 the 來保障它的唯一性。

現在我們再來看看同一個用法的另一個例句:

I wanted to take a class in history, but the class was closed.
（我想選歷史課, 但那門課並沒有開。）

第一句首先提到新的名詞 a class, 接著第二句便改用 the class 來限定原先講過的同一件事物。

通常一段文章的構成, 都是由主要話題 (topic) 和補述解說

(comment) 兩部分所組成。為了能讓聽者順利地擷取話中焦點，習慣上解說部分都是放在文章的後半部，而且多半是重新開頭，以 The... 的形式來提示此為前句已敘述過的事物。

Mary bought a book at the store.
（新的訊息）

The book was about India and...
（已提及過的訊息）

　　在傳達訊息時，為避免造成對方混淆，說話者與聽者對話題的背景認識必須是同步的，因此冠詞就在這樣的狀況下，扮演著整理新、舊訊息的重要角色。

　　例如你被某人打了一下，對你而言打人的一方是個舊訊息，所以你便對著後來遇到的人說 The man hit me. 這時對方想必會認定那個人應該就在附近，而且就在你們雙方都可以看見的距離範圍之內，所以你才會用 The 來限定他的存在。當然正確的用法是 A man hit me. 這樣對方才會知道打你的是某個不知名的人士。

　　另外，當我們去美國人家中拜訪，主人一開始帶領我們參觀屋內設施時，他們便會說「這是臥房 a bedroom」、「這是廚房 the kitchen」、「這是客廳 the living room」。因為在多數人的印象中，一個家有好幾間臥室，而主人介紹的只是其中的一間，所以用不定冠詞 a；而廚房及客廳通常都只有一個，因此用定冠詞 the。所以這可說是另一個藉由 a 和 the 訴諸說話者及聽者雙方共識的明顯例子。

2.　配合文脈的冠詞

　　冠詞 a 和 the 在一整段文章中，為了配合「文脈」，通常會製造不少惱人的用法，例如下面的例子：

Wintertimes Oscar loved ice skating, and there was a pond not far from his house. One evening he had thus lost track of time and arrived home late for his lessons. His enraged disciplinarian father promptly seized **a belt** and began thrashing the boy. **The buckle** cut a gash in his forehead. The wound required stitches. —— Paul Aurandt, *Oscar*

（冬天一到，奧斯卡就迷上了溜冰。在離他家的不遠處有個池塘，有天晚上，他溜冰溜得太晚，結果錯過了回家上課的時間。回到家後，震怒的父親立即抓起了一條皮帶朝奧斯卡的身上打去，豈知皮帶上的扣環卻刮傷了他的前額，傷口大到需要縫好幾針。）

會不會覺得很奇怪，buckle 在前面的句子中一次也沒有出現，所以照前一章的說法，第一次出現的名詞應該是用 a，可是這裡用的卻是 the buckle 而不是 a buckle呢？

請各位注意 buckle 前面的句子，有 a belt 的字眼出現，在美國人的觀念中，「扣環本來就是附在皮帶上的」，所以他們認定皮帶和扣環屬於同一個物體，既然 a belt 在之前已經出現過，所以接著的 buckle 用 the 當然就屬合理了吧！

這類屬於同一物件附屬品的用法相當多，例如 the engine 之於 a car，the can opener 之於 a picnic 等，都是很容易讓人聯想起來的。

3. 「人」的主詞和「事物」的主詞

語言中的主詞，不管是中文也好、英語也罷，基本上都是以人為中心，因為語言這個東西本來就是人發明的，所以對事物的描寫當然多數環繞在人的身上。

但從各位學英語的經驗可以發現，英語的主詞有相當多是

「東西」及「無生物」，而且次數很顯然地比中文要多得多。

例如我們中文說「湯姆知道這個消息後，嚇了一大跳」，句中的「湯姆」即為主詞，而且動詞「嚇一跳」也是主詞湯姆主動的動作。然而英語則可以是另一種講法，它的主詞為 The news，而湯姆只是受詞，因主詞的因素而被嚇了一跳：

The news surprised Tom.

這句話是從客觀的角度來描述湯姆受驚的事實。但如果是以偏向湯姆的立場，強調說話者對於驚訝的心情也感同身受的話，用下列的被動式毋寧更為合適：

Tom **was surprised at** the news.

這類被動式使用次數非常多，慣用化的結果，原先語意上的被動意味便常有意無意地被忽略。但無論如何，強調主詞（人或事物）受到外界的刺激或影響的狀態，此一原則不變。（請參考第 179～181 頁被動式的用法。）

之所以會有「狀態」的意味，不用說當然是 be 動詞的作用。換句話說，原先富含動作、行為色彩的動詞因為和 be 動詞搭配的結果而削弱了其動作性。接下來我們以 write 為例：

Janice **wrote** this letter.

這是一句客觀描述事實的句型「珍妮思寫了這封信」，現在要再補充珍妮思是用鋼筆或鉛筆寫完這封信的：

Janice **wrote** this letter **in** ink.
Janice **wrote** this letter **with** a pen.

如果將上兩句話改成被動型式的話，寫信的動作感便明顯地降低了許多：

This letter was written in ink.

This letter was written with a pen.

第一句 in ink 和 was written 的狀態屬性符合，是很恰當的用法；但第二句的 with a pen，由於必須和會行使工具 (pen) 的主詞作搭配，原則上和強調狀態的句子屬性不符，因此不太合理。

4. this, that 和 it 的差異

一句話中的主詞通常位於句子的開端，有揭開此段話題的指標作用，因此為了避免話題的不完整性，通常主詞是不能省略的。

但如果身為主詞的名詞在句型中一直不斷地重複出現，會給人句型繁複、表現手法拙劣的感覺，因此為了保持句型的流暢度，有時主詞會被刻意地省略，而以「代名詞」取代。

所謂代名詞，即是所謂的人稱代名詞 I, you, he, she, they, it 以及指示代名詞 this, that 或不定代名詞 one 等。基本的人稱代名詞除了 it 的用法稍微複雜外，其它作為主詞的用法都沒有多大的問題。

在這些人稱代名詞中，就屬 it, this 及 that 的用法最為困難，一般人認為他們的差別僅在於「距離」上；也就是「近距離」的為 this，「遠距離」的為 that，而「中間領域」的則為 it。

但這樣的分法實際上並不能很確切地掌握這三個代名詞的功能。雖說從說話者的角度來看，接近自己方位的物體用 this 來表示是沒錯，但它不僅限於實際的距離而已，只要在心理上認同對象是屬於自己這一方、靠近自己的，都可以用 this 來表示。例如在講電話時常聽到的問句：

Who is this speaking?

　　儘管講電話的那一方離自己很遙遠，但只要心態上認同「電話傳來的那一方聲音與我是站在同一邊的」、並希望表現自己的親切感、以拉近彼此間的距離時，就可以用 this。相反的，雖然同樣聽到聲音從電話裡傳過來，但心態上客觀地認為那純粹只是與我通電話的一方，並沒有摻雜任何心理方面的情感因素時，就會變成：

Who is **that** speaking?

　　至於 it，我們建議各位根本不要拿來與 this 或 that 做比較，因為基本上它們的本質是完全不同的。this 和 that 多少都有「遠近距離」的重點可以掌握比較，而 it 則與距離是完全不相干的，它只是單純地表示「某物是～」，這個東西可以是實體、也可以是抽象的、心理層面的想法，所以我們只要把它想成是單純的指稱符號即可。

　　例如某人說 This is a book. 時，在心態上除了敘述這是一本書外，還有深一層的意味：「這是一本就在我附近、離我不遠」的書；但如果換成 It's a book. 時，在心態上可就一點也沒有「離我遠、近」的想法了。也就是說，這本書可能離聽者和說話者很近，也可能離雙方都很遠，端賴當時的實際狀況做合理的判斷便可。

　　但是如果把情境抽離，單是從意義上來看的話，It's a book. 就只是單純地敘述「是一本書」，話題重點轉到「一本書」上，it 在這裡並沒有任何指示性的意義，唯一的功能只是提示目前話題的焦點所在而已。我們在日常生活中常說的「時間」(It is five thirty.) 以及「天氣」(It is fine today.) 的句型，就是源自於這個解釋。

　　此外，當我們在電話中說「我是約翰」時，This is John. 和 It's John. 在語感上是有所區別的。前者給人的感覺是「刻意要區分你那邊和我這邊」；而後者就沒有這樣的心態，只是告訴對方

「是我啦! 我是約翰」, 讓對方的注意力集中在「名字」上面。

接下來請看這個問句「瑪莉身上穿什麼?」下面的句子可以作為它的回答:

Mary put on a red shirt.

如果把上一句代表新訊息的 a red shirt 換成雙方均有共識的 it, 並且把它放在動詞和介系詞 (副詞) 的中間, 這時又會如何呢?

She took it off later.

But she will put it on again tomorrow.

由於 it 的內容不須再明說, 因此這兩句話的重點便順勢落到 it 後面的 off 和 on 身上, 這也是 it 的另一項功用。

「當躲貓貓的鬼」

美國小朋友有個最常玩的遊戲之一叫「躲貓貓」(hide-and-see), 其中他們把扮鬼捉人的那個人叫 it, 很有趣吧! 這裡只用 it 而不加任何補述性的說明, 可見美國人對於躲貓貓中的 it 所指為何, 早已了然於心, 所以連說的這道手續都直接省略了。

I'm it.
（我是鬼唷!）
Now you're IT!
（現在換你做鬼了!）

---

5. 虛主詞 it

it 除了代替前面話題中提到過的事物外, 還可以代替即將要

說的主題。說得具體一點，那就好比運動選手舉著火把 (it) 點燃聖火（中心話題），接著下來才舉辦一連串的活動。也就是，可以藉著 it 的提示，帶出「接下來要講的主題是～」。例如評斷某件事是很困難的，可以說：

It is difficult ＋ 主題

你或許接著會問：那麼主題要如何導入呢？對，根據說話的意圖以及當時的狀況，有各式不同的表現手法，如 It...that 的句型等。但如果考慮到要導入的主題是未來現象：「接下來要做的～動作」的話，採用不定詞 to ～的句型可說是最恰當的，所以我們常會看到 It...to ～的獨特句型。現在我們便以下圖圖示來分析整個句子：

＜句子＞	It	is	difficult	to use chopsticks.
＜分析＞	接下來主題要登場了		主題是一件困難的事	事實上主題就是使用筷子這件事

虛主詞 It 所引導的不定詞以下部分，相當於實際的主詞。這種句型是先用 It 挑起聽者預期的心理，再以不定詞通盤托出真正的主題。因此，現在假設不要採用 It，直接以 to use chopsticks 來取代 It 在句首的地位，變成 To use chopsticks is difficult. 的話，句意馬上就直接多了。但是這種用法也有問題，如果句首的 to ～不定詞部分過長，便很難避免頭重腳輕的感覺，而且它也不符合英語「重要的訊息盡量放在句尾」的原則，所以我們並不建議將 to ～移到句首，還是 It...to ～的句型比較自然。

It is difficult for westerners to use chopsticks.

學英語的過程中，〈It is ＋ 形容詞 ＋ for...to ～〉的句型相當常見，所以我們一定要習慣這樣的用法。其中 for... 的部分不

一定只能用 for，有時也會換成 of...，請各位要多注意。根據調查，原則上「形容主詞（人）既有的個性或特性的形容詞」幾乎都是 of 的天下，其餘的形容詞才會用 for。譬如 It is careless of her to ～的句型中，careless 是特別針對 her，也就是 She is careless. 的意思。

$$\text{It is} + \begin{cases} good \\ honest \\ kind \\ nice \\ silly \\ stupid \\ wise \end{cases} + \text{of...to} \sim.$$

6.　探討 There is 的句型結構

初學英語的過程中，都會學到 There is... 的句型。這裡的 there 和「在那裡」的 there 原屬同一個字，但加了 is 的句型後，「在那裡」的意思完全消失，轉而成為存在意味的「有～」。在發音方面，不似用手指指著說「在那裡」般的重音，there is 只須輕聲帶過便可。

現在我們瞭解 There is... 為「有～」的解釋之後，大概會認為下面的例句相當合理正確吧！

[兩個人在路上走著，道路兩旁的紅色玫瑰花正盛開著。其中一人用手指著那些玫瑰花。]

Look! **There are** many red roses along the road.

（看！路旁有好多玫瑰花。）

的確，當英語翻譯成中文且意思相當時，通常在文法上也不會有多大的問題。但奇妙的是，上面的例句聽在美國人的耳裡卻是挺彆扭的，為什麼會這樣呢？因為我們認定 there is 就是

「有」，所以當我們說「桌上有一本書」時，習慣上會說成 There is a book on the desk. 但在美國人的心態，卻認為 There is... 必須是在沒有前提提示，而是要導入一個新的訊息（有～東西）的狀態下，才會採用 there is... 的句型。

所以講 There is a book on the desk. 這句話時，兩人應該不是同時都看見那本書在桌上的，也許雙方是在通電話的時候，由看見的一方轉達給無法看見的另一方的訊息。譬如下面的例句，是一位警官一邊監視著某物、一邊向總部報告狀況的對話過程：

Well,...um, **there's** a man...standing at the corner...I mean, the phone booth...you know...yeah...that corner. Also **there's** a car...parked...parking right across the street. Right. The blue sedan...── *The Confession*

（嗯……有一個男人……站在轉角處……我是指他站在電話亭旁……你知道的嘛！……對……就是那個角落。還有一輛車……停在……就停在對街上。對！那部藍色的轎車……）

請各位試想這是齣舞臺劇，布幕原本是拉下的，there's 之後布幕拉開，旁白跟著唸到 a man 時，聚光燈投射到一個男人身上（＝新的訊息）……，是不是容易想像得多了？附帶一提，這裡的 is，充分發揮了 be 動詞的本意「描寫物體靜止存在狀態」，可說是一項淋漓盡致的完美演出。

請再參考下面的例子：

Iris: Listen, everybody. **There's** a woman on this train. Miss Froy. Some of you must have seen her. They're hiding her somewhere.── *The Lady Vanished*

（愛麗絲：大家聽好！有個女人現在在這列火車上，她就是芙洛依。你們其中一定有些人曾見過她。現在，她

被他們藏在火車上的某個地方。)

　　如果各位瞭解上面例句的用意之後，相信也應該知道我們之前提及 Look! There are many red roses along the road. 這句話之所以奇怪的問題所在了吧！因為對著已在眼前的事物說 Look! 吸引對方的注意之後，不顧對方已經將視線停在對象物上，又用了 There are... 這個原本是要導入新訊息的句型，但講的事物卻是對方已經見到了的 many red roses，是不是讓人覺得雙重矛盾呢？

　　既然確定這句話是不正確的，那麼我們就該找出正確的解答才是。照理說，只要把 There are 去掉，變成 Look! Many red roses are along the road. 就可以了，就像是 There is a book on the desk. 一樣，不要 There is，只說 The book is on the desk. 便可。

　　但在真實生活中，句子的流暢與得體的描述是最要重視的，而 Many red roses are along the road. 這句話，最欠缺的就是這一點，所以它算起來還是不合格。在日常生活中，下面這一句話最被採用：

Look at those red roses.

　　既然雙方都走在路上，也都同時見到眼前的事物，所以不必過於贅述，其中試圖要引起對方注意的 Look 就不用說了，many 也是多餘的，至於 along the road 就更不必提了，能省則省吧！

7.　疑惑？ 可能？ 還是肯定？

　　一個句子只有主詞是不夠的，後面非得加上述語不可，現在我們就廣泛地來談談說話者要如何表現疑惑、可能、或是肯定的語氣。例如下面的例句，that 前、後兩部分便各自代表不同的功

能:

It is amazing that Japan has caught up with the western countries.

（我很訝異日本已經趕上了歐美國家的腳步。）

that 的前半部表現說話者的心態「我很訝異」，而後半段則舉出了具體的事實——「日本趕上了歐美國家」。

當然，不是所有的句型都像上面的例句一樣，對所指陳的事實抱持相當肯定的口吻。多數情形下，說話者的見解、心情會根據前半段和後半段的互動，而有多樣的可能性；表現的手法則除了上例的形容詞複句外，也使用副詞、助動詞或是動詞等較簡潔的句子。

例如下面的例句，說話者並不確定眼前這個派是不是泰莉做的，所以他試圖不加入個人主見，客觀地敘述「有可能是泰莉做的」:

There is a possibility that Terry made this pie.

如果換成說話者認為這個派應該是泰莉做的話，就可以採用 a 句 I think 的主觀意見。但如果純粹只是說話者的推測，b 句助動詞 may 的用法和 c 句副詞 perhaps 句型則可以考慮。

a. I think Terry made this pie.
b. Terry may have made this pie.
c. Perhaps Terry made this pie.

c 句的 perhaps 含意是「這個派有可能是泰莉做的」、也有可能是「這個派不太可能是泰莉做的（＝恐怕是別人做的）」，語氣上較不肯定。但是隨著確信的程度提高，這時只要改用 probably 或是 surely 等的副詞即可。

若是照舊有以形式分類的文法規則來看，perhaps 被劃分為

表示「或許」的副詞，I think... 是「我想～」的動詞，而 may
則只是個「可能～」的助動詞而已，彼此間根本不相干，更別提
屬於同一族群的字眼了。但經上面 a，b，c 三句的解釋之後，便
可以瞭解其實他們在機能上、所代表的意思上均可以列屬為同一
群，表示與「確信程度」有關的字眼。

　　所以從溝通的角度來看，要肯定或懷疑某事物的真實性，可
根據不同的狀況變化各式不同的用法，也許是副詞 probably，
surely，也許是助動詞 may，must。若是不想摻入太多個人的情
感因素，但要敘述某事物的可能性時，也可以用 It is possible
that...，用法相當多，請各位自行發揮囉!

8.　擁有雙重身分的助動詞

　　現在輪到來談談助動詞 may 和 must 了。說到這些助動詞，
通常有個重點是一定會被提到的，就是它們同時擁有的雙重身
分。例如提到 must，便會想到「確信度（一定～）」和「義務感
（非～不可）」兩個意思，如下所述:

Roy **must** be a pro.
（洛依一定是個職業選手。）
Lou **must** fill in the form by himself.
（路非得親自填寫這份表格不可。）

　　其實，就像各位所看到的相同字形一樣，must 在以前原本只
有一個意思的（[推測事物]一定（是）～），後來應用擴大了，
與引申句的狀況（＝對人）關連加深，原先的含意便逐漸消失。
換句話說，當把「一定（是）～」中說話者確信的程度投射到人
際應對上時，「非～不可」的引申含意便自然而然產生了。兩者
的差異在發音上也可以聽得出來，原意（一定）的 must 通常都
以強音發出，而後來衍生出來的 must（非～不可）因屬機能性

的用法，所以在唸法上相對地輕了很多。

　　根據調查的資料顯示，當 must 代表確信意味的「一定」時，通常都是以「過去的必然性」為主（b 句），現在式或未來式的機會則相當少（a 句）。

　　a. Sal **must** be ill.
　　b. Sal **must** have been ill.

　　既然要表現肯定的語氣，就應該要有事實根據，所以 b 句的用法讓人感覺到說話者已經收集到一些資訊，或是已經有正確的消息來源，才會說出「他一定是生病了」這樣肯定的語氣。在發音時，相對於 must 須唸強音，have 則變成 must 的縮寫，只唸出 v 的音，也就是 mus(t)('ve) been 的方式。

　　同時擁有雙重意思的助動詞不少，請看我們做的綜合表，其中左邊代表原本的意思，而右邊則為應用到人際關係所發展出的義務關係。

	確信度（對事物的判斷）	義務感（對人的關係）
may	或許～（可能性）	可以～（許可）
can	有可能～（可能性）	可以～（能力・行動）
should	應該～吧！（合理性）	做～比較好（輕微的義務）
ought to	恐怕～吧！（高可能性）	應該～（義務）
must	一定～（確定性）	就算不合理也非得～（強制）
will	必定～吧！（確定的預測）	打算做～（強烈的意志）
shall*	必定應該～（預測）	應該要～（束縛）

*現在英語幾乎都以 Shall I (we)...? 的形式表示。

　　由表中可以看出，確信度及義務感依序由上往下逐漸增強，但這也並非絕對的順序，有時還是會視實際狀況和說法不同而有

所改變。另外，特別一提的是 ought to 雖然也有兩個意思，但在發音時，均統一以 oughta 的方式唸出。

　　現在我們舉個實例。在飛行途中，機長一定會向乘客報告飛行狀況：

Good evening, ladies and gentlemen. This is Captain Fields speaking. We'll be cruising at 38,000 feet this evening. Our arrival time in Atlanta will be 10:25 pm Eastern time.

（各位女士、先生晚安，現在是機長費爾茲的報告。我們今晚的飛行高度將爬升到 38,000 英呎，並預計在東部時間晚上 10 點 25 分抵達亞特蘭大。）

　　各位可以發現句型一定都用 will，因為那是機長負責任的表現，他必須要讓乘客感受到他肯定且正確的報告。如果只用 be 動詞，則意思只是敘述當時狀況，不但語氣冷淡，而且不能讓人感受到機長肯定的語氣；若是改為 must 或 should，則會讓乘客懷疑是否真能如期抵達目的地，因而產生不安的感覺。

　　像這類助動詞如果一旦誤用，尤其是在人際關係上，很可能會破壞彼此間的感情，所以請千萬謹慎使用才好。譬如 should，中文翻譯為「應該」，和義務、強制很容易畫上等號，但從剛才那張表來看，它的英語原意其實並不如我們所想的強烈。（must 和 have to 的說明請參照第 72 頁。）

　　除了上表的助動詞外，另有 will 的過去式 would 和 may 的過去式 might 等，和它們的原形一樣都屬於助動詞。在確信度方面，所有過去式的字眼都比原形的表現要來得低。

確信度低　禮貌度高

could
might
may
can
should
would
will
沒有用助動詞的現在式

高　　　低

　　從上表顯示的圖例我們可以知道，句中沒有任何助動詞的句型（＝事實），遠比加了過去式助動詞 might, would 等的字眼所表達出來的可信度要高得多，因為過去式的用法讓人產生時間上的距離感，進而會有不真實的感覺。但如果是在對人的關係上，不單刀直入地直述，反而委婉地、迂迴地說出話時，卻可以讓人感受到「尊敬、有禮」的印象。當然囉！這份距離感及朦朧感的概念，和假設句的用法可是有密不可分的關係的。（請參照第 92 頁。）

　　接著我們舉個可以分辨出 would 和 could 微妙差異的例句，這在美國人的生活中可說是相當常見到的。

> G: Emily, if I **do** improve and make a big change...**would** you be...I mean: **could** you be...
> E: I...I am now; I always have been.── Thornton Wilder, *Our Town*
>
> （G: 愛蜜莉，如果我真的奮發向上，從此改頭換面的話……
> 　　你會不會……我是說……你是不是可以……

　　E: 我……我願意; 我以前一直就沒有放棄過你啊!)

　　現在各位應該可以瞭解, 助動詞不單只有輔助動詞的功效而已, 它同時還可以巧妙地表達出人們內心世界那份細微的感情。(may、would 等助動詞, 在專門的文法術語中被稱作 modal auxiliary (語氣助動詞), 意思是表現「心理的狀態 (mood)」的助動詞。)

　　解釋了這麼許多, 不知各位有沒有發覺到唯有跨越助動詞及副詞的制式印象, 將重點放在句型的流暢並與說話對象的心態互相結合、彼此瞭解後, 才能真正地活用文法、掌握英語呢?

　　最後我們再製作一張對照表, 將「或許～吧!」「恐怕～吧!」一類的句型分別以助動詞及副詞作一簡單的比對:

可能性低	possibly......might/could
	perhaps......may
可能性高	probably.....should
	surely..........must
有確定	certainly......will

第 IX 章

讓句子活起來
—— 形容詞和副詞

1.　形容詞的功效

在英語句型構造中，如果把動詞比喻為太陽，那麼名詞便像是圍繞在四周的小行星，終日循著一定的軌道繞著太陽行進。基本上雖說只要有這幾個要素便可達到溝通的目的，但如此單調的句型，總讓人不禁想使它再更生動活潑些。

譬如敘述「我遇到了一位女孩」(I met a girl.)，聽到這句話是不是覺得無滋無味、也引不起什麼反應，總覺得應該可以再多描述一些關於那個女孩的事吧！所以我們便可以在名詞（女孩）前面加些修飾的字眼，也就是我們即將要說明的「形容詞」。

名詞經過形容詞修飾後便有了限定的效果，也就是說，完整的名詞（正確說應該是名詞片語）部分，應該也包含了冠詞 a 或 the。

Gail is a sweet, charming middle-aged woman.

（蓋兒是個甜美、迷人的中年婦女。）

Gail is [a sweet, charming middle-aged [woman]].

名詞

名詞片語

雖說形容詞都用來修飾名詞，但那也不表示形容詞必須依附在名詞旁邊才能存在。大多數的形容詞其實是依附在動詞（片語）下的：

That woman is sweet and charming.

（那位女士既甜美又迷人。）

That woman [[is] sweet and charming.]

動詞

動詞片語

　　由此我們整理出形容詞的兩種用法，一是放在名詞前，用以限定該名詞；二是放在已出現的名詞後面，給予該名詞更多附加的修飾。前者依附名詞，而後者依附動詞存在。至於 alive, alike, glad 或 content 等，只能作為後者用法的形容詞，我們則賦予它們「述詞形容詞」的稱號。通常這一類的形容詞給人的感覺都是暫時性的、偶發性的狀態。譬如 alive 的 a 原本為介系詞，意思是 on (in) life，如此動詞意味濃厚的形容詞，當然是不適合用來修飾名詞的。

　　相對地，如 mere, former, main 或是 wooden, golden 等，表示所修飾名詞的本質或材質特徵者，同樣只能搭配名詞而已。

　　以下是一項對美國人所作的調查結果，內容是請他們提供他們認為基本的形容詞代表有哪些？得出的結果均為前面兩種例句用法共通的形容詞。由此得知，之前我們提到的 alive 或是 alone 等，在美國人心中都只能算是特殊形容詞吧!

---

big, good, tall, small, young, beautiful, easy, hot, difficult, cool, short, old, expensive, heavy

---

　　此外，語言學家 S. Thomson (1988) 提出另一項調查報告，在 308 句的會話中，依附動詞的形容詞就佔了 242 (79%) 句；而依附名詞的則只有 66 (21%) 句，這個結果倒是蠻令人感到訝異的。

2.　多重形容詞

　　之前我們提過形容詞的特徵，就是將某一名詞予以特定化、限定化。所以在第一個例句 Gail is... 中，我們看到形容詞一口氣出現了好幾個，也讓名詞的狀態更具體。至於各形容詞間孰前孰後，原則上是以與名詞的連結性愈強者，離所修飾的名詞也愈

近。當然囉！說話者要用什麼樣的形容詞來修飾名詞是個人的自由，我們無從規範起；但在溝通時，「讓聽者能無障礙地、快速地接收訊息」卻是一個不容忽視的重點。

例如說「我喜歡 [小型的、便宜的、日本製的] 電腦」，在形容詞這麼多的情況下，怎麼樣的排列組合才是最恰當、讓人一聽即懂的呢？一般說來，beautiful 這類代表主觀意識的形容詞都會放在最前面，接著才是 Japanese-made 等表客觀因素的形容詞。現在就請各位按照這個順序，想想下面 6個句子中，哪一個看起來是最自然的呢？

  a. I like a low-priced Japanese small computer.
  b. I like a Japanese low-priced small computer.
  c. I like a small low-priced Japanese computer.
  d. I like a low-priced small Japanese computer.
  e. I like a Japanese small low-priced computer.
  f. I like a small Japanese low-priced computer.

經對 30 位美國人調查的結果，其中有 24 人認為 c 句是最自然的用法，另有 20 人覺得 f 句、8 人覺得 d 句也算得上是自然的用法；至於 a、b、e 三句的順序，則完全沒有人能認同。由此可見，名詞與「哪一國製的產品」、「多少錢」這種描述「事物本質」的形容詞的關係要比敘述外觀「大小」或「顏色」等的形容詞，來得更為密切，所以以也就愈接近名詞的位置。

儘管我們說明了何種形容詞應該在前、何種形容詞應該在後，但實際的英語可不是就這麼死板的，多數的狀況還是會配合實際的情況以及說話者的心情而變動，所以還是要學會臨機應變、察言觀色才好。

3. all, every 和 each

本節將探討使用頻率較高的幾個形容詞（或副詞）。

● all

首先上場的是 all。在日常會話中，all 出現的次數並不算多，約佔 0.5% 左右。例如在電影 *"Field of Dreams"* 一片中，all 總共出現了 59 次；但嚴格地說，屬於「所有」的 all 只有 24 個，其餘的 35 個都是 all right 中的 all。

作為數量詞的 all，其所代表的意義是「每個單獨個體所集合而成的總數」，強調的重點是「集合而成的全體」。

All the students in class went back home.

從這個例子我們可以知道，all 不是單指班上一個一個的學生，而是將所有學生視為一個整體，而這個整體全都不在教室，回家去了。

至於作為 all right 的句型，請看下面的例句：

It's **all right**.
That's **all right**.

附帶一提，在前面提過的電影 *"Field of Dreams"* 中，單單只說 All right. 的句型便出現了 21 次，約佔 36% 的份量；如果調查其他電影中的句型，相信結果也是大同小異吧！

● every/each

相對於代表全體的 all，every/each 則是重視單一個體的代表。就拿上面的例句：「班上的學生全都回家去了」來說吧！如果說話者手上剛好拿著班上同學的照片，看著每個人清晰的臉

說:「這裡的每一個人都回去了」，這時的 all 就必須改為 every：

Every student in class went back home.

同樣地，說話者手上拿著相片，唯一不同的是，這回他一個一個地指著：A 回家了、B 也回家了、站在後面的 C 也……，這種帶有意識地一個一個點名的感覺，就不會採用 every，而是 each：

Each student in class went back home.

each 指的是每一個具體單獨存在的單位，所以含有強烈的單一實體感；而 every 則是總括性地指出整體中的每一個個體，雖然也有單一的感覺，但僅止於浮光掠影的印象。所以在用法上，當要指出群體中的每一個時，each 為 each of them，已經能很明確地道出每一個實體；而 every 則要多加一個 one，變成 every one of them，才能凸顯出實際被點名到的那個個體。

此外，各位應該都知道 every 和 each 的動詞為單數用法，而且在使用所有格代名詞的時候，也是搭配單數形的 his，例如 Every person should do his duty. 但現在由於 PC（= politically correct：無性別差異）觀念的發達，除了原有的男性中心用法 his 之外，儘管文法上不允許，仍會看到多了 her 或 their 的用法。

4. 比較級和 more

講個有趣的現象給各位聽，你知道在形容詞當中，出現次數列居第四位的是哪個單字嗎？答案就是 more——much 和 many 的比較級。這是因為當我們在日常會話中說明某現象時，通常都會採用「比較」的方式，因為透過「強弱」對比的具體比較，更能吸引對方的注意，而且比單純的敘述句更能讓人掌握內容。所以 more...than～的句型格外讓人對它產生興趣也不是沒有原因

的。

　　以下我們提供幾個例句，讓各位感受一下 more 的特性：

[more + than 的固定句型]
Kelly, it's **more than** that, okay?　I know it sounds ridiculous.── *War Games*
（凱莉，事情不只是那樣好不好？我知道那聽起來很荒謬。）
Come on, you know **more than** that.── *Success in New York*
（看吧！你懂得比那還多。）

[more + 形容詞 + than的句型]
And I'm your best friend, what's **more** important **than** that?　── *Big*
（而且我是你最好的朋友，還有什麼比這個更重要的呢？）
It's **more** exquis **than** any dress I could ever have imagined.── *Annie*
（這是我想像過最精緻的禮服了。）

　　在提出比較式的句型時，有個相當重要的觀念就是，互相作為比較的雙方，無論在意思上、或是特質上都必須具備對等的資格，才能作為比較的對象。

Tokyo is more beautiful than the Yankee Stadium.
Tokyo is larger than the Empire State Building.

　　以上兩個例句，從文法或句型結構的角度來看都沒錯，但瞭解它的內容後卻會發現他們其實大有問題。因為 Tokyo 是個都市，而 Empire State Building 卻是棟建築物，一個是要比較都市人口、街道規模；而另一個是要比較建築物的高度，立足點的不同，讓雙方根本無從比較起。所以我們將這兩個句子改成：

Tokyo is **larger than** New York City in population.

（東京的人口比紐約多。）

The Empire State Building is higher than the Tokyo Tower.

（帝國大廈比東京鐵塔要來得高。）

形容詞或副詞要轉成比較級時，原則上短的單字，也就是只有一音節的單字，如 big, large 等，在字尾之後直接加 -er 即可；長的單字，也就是二音節以上的單字，如 beautiful, different 等，則在字本身的前面加 more，即可成為比較級的用法。

Roses are more beautiful than tulips.

在比較的句型中，並不見得被比較的雙方都會同時列出，如果內容是為雙方所熟悉、有共識的，than～的部分則可以省略不提。在參考的資料中，屬於這類表現的以 no more 及 No more！（夠了！）的句型最多。在美國職棒中相當活躍的前 LA 隊的野茂投手，曾在一次的比賽中，由對方的啦啦隊喊出 "No more Nomo!"（野茂的名字）的口號，可說是代表性的用例。

more同時也可以直接和名詞搭配，表示「更多數量」的意思。

He has got more money than before

（他拿到比以前還要多的錢。）

從資料中我們還可以看到關於 more 其它的常用句型：

more and more （愈來愈多）
more or less （多多少少）
all the more （格外、愈發）

5. 最高級和 the

假設一個狀況：「把班上所有的鉛筆都收集起來，經比較之後，得知小明的鉛筆是所有當中最長的」，這就是我們現在要介紹的最高級的用法。

在最高級的用法中，因為只有一個特定的物件會被選出，成為最～的狀態，所以會在前面加 the，以用來表示強烈的限定。

The Mississippi River is the longest (river) in the world.

（密西西比河是世界上最長的河。）

Michael worked the hardest of all the boys.

（麥克是所有男孩中工作最認真的。）

分析這兩段話，可以歸納出最高級的句型：

the + 形容詞（或副詞）的最高級 + in... （場所）
                                    of... （複數）

其中話題的中心「最～」的人、事、物有可能是複數嗎？照理說，最頂端的事物應該只能有一個才對；但事實上，如果將數個超過水準之上的最高級事物視為一個群體，其中的組成分子與群體的關係就可以用最高級的句型來表現。

It's one of the biggest parks in the state of Colorado.

在科羅拉多州內，有一個最大的公園群，既然是一群，所以就以複數 biggest parks 來表示，然後屬於這群中的一個，就是 one of the biggest parks [最大的公園的其中一個]。為了有別於一般其它的公園，所以又在 biggest parks 加上 the 作為限定。

稍早以前，在最高級的句型中，並不一定非有冠詞的存在，有時會用 the，有時則可以不加。

a. Louise ran **the fastest** of all.

b. Louise ran **fastest** of all.

簡單地說，這兩句話的差別在於： a 句就像是 the fastest woman (girl) 所描述的一樣，重點放在具體限定的「她」個人；而 b 則語帶模糊地描述抽象的「速度感」。然而在現代美語講求簡單化的同時，這種刻意要區分具體和抽象的複雜用法，已經被摒除在外，沒有人會再使用了，所以現在最高級的句型中幾乎一致都採用加了 the 的用法。

現在，我們再利用上述對 fastest 的觀念，來解釋為什麼下面的句子沒有加 the：

This lake is **deepest** here.

（這裡是湖最深的部分。）

如果在 deepest 前加了 the，便會讓人覺得這是個被限定的湖，所以應該要有另一個湖可以作為比較才對。但事實上，這句話的對象只有一個湖，而且是要比較同一個湖中，這裡和那裡抽象的「深度」差別，所以在這句話中， the 是不需要出現的。

回過頭複習一下比較級的兩個用法：〈形容詞 -er + than〉以及〈more +形容詞 + than〉。同理可證，最高級的用法除了〈形容詞 -est〉之外，長音節的形容詞（如 famous, popular, beautiful）前面，同樣要加 the most。

Baseball is **the most popular** (sport) in U.S.A.

（棒球是美國最流行的運動。）

此外，採用〈比較級 +any other〉的用法，也可以成為最高級的表現。

She is **more** attractive **than any other** friend of mine.

（她是我所有朋友當中最具魅力的一個。）

6.　good, little 和 great 的差異

形容詞除了之前講解的用法之外，還有相當多有趣的部分尚未提及，現在就讓我們簡單地介紹一下。

● good

good 意指「好的」時，出現頻率次於 all 和 right。

a. That's **good**.
b. Have a **good** time.

good 的用法，可以分為 a 句「單獨依附在動詞旁邊」，以及 b 句「修飾名詞、依附在名詞旁邊」兩種。通常以 b 句用法佔大多數，其典型用例為招呼用語中的 good。如 **Good** morning. 及 **Good** bye. 等。

good 所指的「好」，有著「事物原本好的特質」的意味，希望各位記住這一點。

This is a **good** knife.

看似單純的一句話，但依據說話者的心態、或是當時的狀況可以變化出多方面的解釋，也許是指刀的外觀設計很美，也許是指價格便宜、物超所值，也或許是指它很利、很好切等等。但如果排除外界因素，單指「物體本身特質良好」的意思，就是指最後者，同時也是最普遍的「刀利」。

● little

接著我們來談談 little。 little 是 big (大) 的相反詞，其中作為下列「小」的用法，就佔了 little 所有用法中近一半的份量。

He seems like a little lost puppy.
（他看起來好像是隻迷了路的小狗狗。）

佔 little 用法次多的為「幾乎沒有」、「極少」的意思，約有 20%。

Sally has little imagination.
（莎莉幾乎沒有想像力。）

「小」這個字，除了 little 以外， small 也有相同的意思。兩者之間的差別在於：從物體內在層面的觀點來審視為 small，純外觀的敘述則為 little。

a. a little boy
b. a small boy

a 句的 little 有「小巧可愛」、「看起來像小孩一般可愛」的意思； b 句則是指「以年齡來說，個頭偏小」的意思。（ small 之於 little 的用法，可以類推到它們的相反詞 big 之於 large 一樣。）

● great

great 在形容詞當中也算得上是使用率高的重要單字之一。在實際使用的狀況中， great 用來形容人、事物或概念「偉大的」、「了不起的」、「大的」的用法佔了壓倒性多數。其中又以直接修飾名詞 (a great man) 的句型約佔全體的 60%；間接修飾如 a great big man 或 a great-grandfather，以及接在 be 動詞之後、依附動詞的形式，如 Babe Ruth was great. 則只佔 37%。

最後一種用法是單獨使用。例如，我們常在會話中聽到說話者用以表現情緒快樂的讚嘆詞 Great! （太棒了）。

7. 常見的廣告字眼 new, good, easy

　　不管是中文或英語，在廣告以及宣傳的領域中，形容詞都算是相當重要的單字工具。因為一個新上市的產品，一定要靠廣告公關來打響它的名號及特點，而廣告中所傳達的訊息，便會帶領著新商品朝它所希望的方向前進。早先一位英國語言學家 G. Reach (1966) 針對英國電視臺所播出的廣告用語作了一份研究調查，以下便是其中位居前 20 名的形容詞：

順位	單字	順位	單字
1	New	11	Crisp
2	Good/Better/Best	12	Fine
3	Free	13	Big
4	Fresh	14	Great
5	Delicious	15	Real
6	Full	16	Easy
7	Sure	17	Bright
8	Clear	18	Extra
9	Wonderful	19	Safe
10	Special	20	Such

　　也許美式和英式英語有些許國情上的差異，但這不在我們的討論範圍之內，所以容我暫且略過。不過事實上，美國的語言學家 D. Boringer (1980) 在針對 200 種電視廣告所作的調查中，也曾提出過類似的結論說明：new, better, extra, fresh, clean, beautiful, free, good, great, light。

　　在此，我們特別選出 new, good, easy 三個字，從實際的廣告文宣的例句（總句數約 12 萬句）中來一探究竟。

• new

　　new 在總數 12 萬句中，共出現了 340 次，它的用法相當多，尤其要注意它和其它形容詞同時出現時的排列順序。以下我們列出（例句排列集）書中的部分例句：

```
1.TXT   we invite you to try this new interlochen. it's ev
1.TXT    k knit. so we made our new fabric even loftier th
1.TXT   our stage presence in the new striped hearty mush.
1.TXT    , neck and side vents.   new! elegant glen plaid p
1.TXT   erican cotton gives these new fine gauge sweaters th
```

　　如何？有沒有注意到 new 的用法就是用來修飾接續在後面的名詞，而且如果同時有幾個形容詞修飾同一個名詞時， new 一定是馬上接在冠詞或指示（所有）代名詞後面的第一個形容詞。這和學校教的文法觀念不一樣，以前學的形容詞排列順序為形狀、模樣在前，接著才是新、舊的修飾，所以上述的 the new striped hearty mush 應該修正為 the striped hearty new mush 才對。但事實上，正統英語和廣告用語是不太一樣的，要宣傳某事物時，讓人印象深刻、主觀性強的 new 放在最前面，才會達到最大的宣傳功效。

• good

　　之前我們已經講解過，good 在日常會話中以 Good morning. 及 Good bye. 之類的用法為最多，那麼它在廣告用語方面的用法又是如何呢？在 12 萬例句中，good 共出現過 139 次，以下就是其中的部分用法：

```
1.TXT  now of builds a turtle as good as this. ours is th
1.TXT  . fully fashioned for a good fit. and designed w
1.TXT  or layering.. more of a good thing! the squall p
6.TXT  ant colors that will look good, season after season
6.TXT  the bedroom, looking as good as new. Designed f
6.TXT  als to ensure comfort and good looks season after se
```

　　例句中有個很引人注目的用法: as good as（像～一樣好），此外也有依附動詞的用法如 look good、修飾名詞的用法 good looks（體面）等。（廣告詞中也常見 good-looking（面貌姣好）的說法。）

　　尤其值得一提的是，在口語中， as...as 的用法相當頻繁，各位可以多加利用。

● easy

　　現在談談最後一個 easy。我們在日常會話中最常聽到 easy 的一句口頭禪便是: Take it easy.（放輕鬆）。至於在廣告用詞部分， easy 一共出現了 158 次:

```
1.TXT  ge on wash day. so it's easy to wear, easy to tak
1.TXT  our squall jacket. it's easy to remove features.
2.TXT  ant bookmark. It's also easy to damage a book when
2.TXT  aded design that makes it easy to tear off paper tow
4.TXT  nding collection makes it easy and enjoyable to acqu
4.TXT  u how to find it fast and easy. Former U.S. Ambass
7.TXT  Make toe nails soft for easy cutting. Toenail So
7.TXT  e safe, economical and easy to use. Stimulates
```

　　有沒有注意到幾乎都是〈easy + to 不定詞〉的用法，而且是〈It's easy to 不定詞〉及〈make it easy to 不定詞〉兩種組合。前者的 It's easy to 正式的寫法其實應該是〈It is easy + to 不定

詞〉，但現在大家已經習慣以 It's 為開頭了，如果仍一味堅持正式的用法，也許反而令人覺得突兀呢！

8. 掌握副詞的要領

副詞的英語叫 adverb，它原本是〈add（添加） ＋ verb（動詞）〉的結合，由此可知副詞的本意是「用來描述與動詞間的關係」。相對於形容詞修飾名詞，副詞則具有修飾動詞的功用。也就因為描述的對象是動詞，所以副詞很自然地便會和各式各樣的動作及事件結合在一起。

在網際網路上抓取 1 億 2 千萬的辭彙加以調查，其中作為副詞的單字大致如下面的表格所列：

Actually	else	Now	simply
actually	especially	now	So
again	Even	often	so
almost	even	once	sometimes
already	ever	only	soon
Also	exactly	Perhaps	still
also	However	perhaps	together
always	however	Please	too
Anyway	Just	please	usually
certainly	just	probably	very
completely	likely	quite	Well
currently	Maybe	rather	well
daily	maybe	really	
either	never	recently	

其中最多的字形為語尾加上 -ly。其次我們也發現很多副詞有類似 Actually 及 actually 兩種用法，表示這些副詞不單只出現於句中或句尾，用作句首或單獨使用的機會也相當高。

當我們將表格內的副詞大致分類時，得出表示「時間性」的副詞佔壓倒性的多數，其字例如下：

again, already, always, currently, daily, ever, never, Now, now, often, once, recently, sometimes, soon, still, usually

相對於時間副詞佔多數，然而我們卻連一個表示場所（方向）的副詞也沒見著，難道場所副詞真的那麼少嗎？其實不然。在描述動作時，時間和場所都同等重要，但對照於時間副詞的使用頻繁，場所的表現除了副詞外，很多時候是用別的方式取代，也就是本書一開頭所介紹的〈介系詞＋場所名詞〉的用法，這也正是為什麼場所副詞遠不如時間副詞常見到的理由了。

位居時間副詞之後、排名次多的副詞用法為「強調、表現程度」的副詞，大致有下列數種：

completely, especially, Even, even, exactly, Just, just, quite, really, very

緊接在強調副詞之後、排名第三為表示「確信度」的副詞：

certainly, Maybe, maybe, Perhaps, perhaps, probably

其中 Maybe 和 Perhaps 的開頭為大寫，可知它們被放在句首或單獨使用的機會相當多。

本書在第VIII章中曾提到，表示強調和確信度的副詞在口語文法中算是相當重要的部分，因為時間和場所的訊息是一種既定事實的傳遞，而強調和確信度的部分則是用來表達說話者的心情，以及對事實判斷的心態，為一種可變的、不固定的訊息傳遞。這種具彈性、可調整性的副詞特質，相當程度地滿足了人類柔性溝通的目的。

舉個實際的例子，某人在接受訪問時作了如下的回答：

I'd **probably** say, within the next 20 to 40 years, I would say **probably** that long, yeah. —— *CBC, 60 Minutes*

（或許在接下來的 20 到 40 年內，我想應該會持續那麼長的時間。對！）

在英語文法的世界中，副詞一直無法受到大家的重視，因為在一個句子中，通常只要動詞或形容詞即可表達出句子的重點，而副詞則站在輔助的立場，扮演著修飾及強調的角色，所以讓人感覺可有可無、不甚重要。但事實上，副詞在不少的句型中也是不可或缺的，就拿 put 這個動詞為例吧！當只說 put 一個字，雖然知道是「放」，但如果後面沒有接 up, down 或其它的副詞時，可能就無法讓人確切瞭解所要傳達的訊息吧！

特別是一些可以單獨存在的副詞，在一段話中所扮演起承轉合的功能尤其重要。所以如果看到一些句子，感覺相當流暢通順的話，也許就是副詞這個小兵立的大功呢！請看下面的例句，你就可以瞭解一個單獨的副詞所扮演的角色有多重要了：

"Help ya?" he asked.

"**Maybe**," I said. I dig in my wallet and handed him the snap shot of Gilda Krause. "She work here?" He didn't even look at the photo. —— J. Faulk, *The Dead*

（「需要我幫忙嗎？」他問。

「也許吧！」我答道。於是我翻了翻皮包，找出了吉兒達‧克勞茲的快照照片拿給他。「她在這裡工作嗎？」照片他連看都不看一眼。）

附帶一提，這裡的 maybe 原本是助動詞 may 和 be 動詞的結合，由此也可以嗅出助動詞和副詞間的些許關連性！

第 X 章

思考英語的修飾用法

1.　二種修飾用法

大家都知道，英文字從左寫到右，所以內容敘述理所當然也是「由左至右」。但英文的修飾用法有兩種，就拿修飾名詞為例吧！第一種修飾法是先將所有修飾語句逐一排列出，名詞到最後才出現，前章提到的「形容詞」便是這類修飾法的代表。第二種修飾法則是先寫出名詞，然後再陸續補充關於這個名詞的各種新資訊，這類修飾法的代表為「關係代名詞」。

其實，將修飾法以上述「形式上」的前後順序來區分，這點站在溝通的角度來想是相當危險的觀念；因為在實際運用上，這兩種用法幾乎都是互相搭配、交互運用的（如下例）。所以我們該培養的重要觀念是，不管這兩類的用法如何組合搭配，我們基本上一律平等看待，只要憑著以往的經驗、以及自發的感覺，自然馬上就可以掌握句型的流暢，或是當場解讀接收到的訊息。

The black woman who'd discovered the body was clearly frightened. —— Ed McBain, *Poison*

（那位發現屍體的黑人婦女被嚇得不知所措。）

2.　關係代名詞的成立

關係代名詞可說是作為補充前面名詞新資訊的標誌，其功用也就是用來加強有關該名詞的其它具體訊息。例如，這裡有一朵很香的花，而我正打算把這朵花送給某人，英語便說成：

I'll give you a flower. → The flower smells good.

（我要送你一朵花。→這朵花很香。）

在口語會話中，兩句獨立分開的說法當然是行得通的，但這

種七零八落、沒有整體感的表現，就像是沒經過大腦整理、無法表現在書寫上的句子一般。而且同樣的單字 flower 重複出現了兩次，多餘不說，簡直就像是小朋友說的話，所以我們得把它改得更簡潔有力才行。其中第一步就是把重複的 flower 以代名詞 That 代替：

I'll give you a flower.

‖

That smells good
那是（那朵花是）

接下來我們便要將兩句話合併成一句，以代名詞 that 連接前後文：

I'll give you a flower that smells good.

原先 that 只是用來代替前一句的 a flower，其身分為代名詞。之後它又發揮功能，將兩句話合併成一句，而且仍能保持原文意思不變，所以我們便再賦予它一個新的名稱為「關係代名詞」。

可以作為關係代名詞的字眼除了 that 之外，還有 who 和 which。我們都知道 who 是用來修飾人的名詞，which 則是修飾人以外的其它名詞，所以我們看到下面的例句中，which 可以取代句中的 that，而 who 則不行。

They are posters that give information about the missing children.
（那些是提供失蹤兒童消息的海報。）

3. 關係代名詞和疑問詞的關係

之前我們提到 who 為先行詞人的關係代名詞，which 為人以外的關係代名詞。但大家也都知道，who 在平常是作疑問詞「誰」，而 which 則代表疑問詞「哪一」的意思。

Who made this poster?

（這張海報是誰作的？）

Which is your pen?

（哪一枝是你的筆？）

既然它們是疑問詞，為什麼又會變成關係代名詞呢？其實不管是疑問詞還是關係代名詞，既然它們身為同一字，那麼兩者間必有某種程度上的關連才是。例如，現在有個人說了這麼一句話：

I know a man.

（我認識一個男人。）

當我們聽到這句話，第一個反應一定是「那個男人」是誰 (who)，問句就是 Who is he? 這裡的 who，當然就是疑問詞了。接著說話的人應該就要回答「那個人就是～」，換句話說，「那個『誰』是從太空回來的」：

Who returned from the space.

我們接著把前後兩句話連成一句，就會變成：

I know a man **who** returned from the space.

（我認識一個從太空回來的人。）

這裡的 who 就是關係代名詞。起初的角色為疑問詞，後來

為了要說明先行詞 a man，所以就變化成關係代名詞了。which 的用法跟 who 一樣，在此就不再重複說明了。

在日常會話中，為了能順利地承接上下文對話的內容，通常會採用 which 或 who 來重複對方說話的內容。由此也可看出在補充說明時，雙方為了不破壞前後文接續的流暢度，以求溝通順利的心態。

> 'Well, Bert got it in his head that I needed help. So he drove out to the Zone...'
> 'Bert Kling.'
> 'Yeah. Who I was still seeing at the time.' —— Ed McBain, *Lullady*
>
> （嗯！柏特知道我需要幫助，所以他就開著車出去了……
> 你是說柏特・克林？
> 是啊！我那一陣子還見到他。）

4. 關係代名詞的用法

前面我們介紹過關係代名詞的功用在於提供輔助資訊。至於它的用法可分為兩種：一是將輔助資訊的關係代名詞子句放在整段句子的最後；二是將關係代名詞子句插入句中，以用來說明特定的名詞。

a. Mr. Thompson <u>has</u> a friend <u>who lives in New York.</u>
　　　　　　　　動詞　　　　　　　關係代名詞句

b. The song <u>which was made by Pattie</u>
　　　　　　　關係代名詞句
　　　　　　　　<u>is</u>　　　　　　　　　beautiful.
is 是整句話主詞 (the song) 的動詞

　　乍看之下頗覺複雜，但只要掌握一個重點，也就是只要看到關係代名詞，就知道它必定是跟在它要補充說明的名詞後面。在讀句子時，通常唸到關係代名詞 which 的部分會將音調提高，並稍微停頓一下。

　　還有一點需要特別注意的地方，就是要懂得分辨關係代名詞在所引導的子句中，扮演的身分是主詞、還是受詞。不管是 which, who(m) 還是 that，這點都一樣重要。

　　c. I know　an elderly lady
　　　　　　　　被補述的名詞

　　　　[who　　has a strong Southern accent.]
　　　　（主詞）　　　　　　補充的訊息

　　d. Kelvin sees　the showcase　　[which　　she points at.]
　　　　　　　　　被補述的名詞　　（受詞）　　補充的訊息

　　在 c 句中，為了避免文法及句意的混淆，接在關係代名詞之後的動詞 (has)，規定要與先行詞 (an elderly lady) 的人稱（第一、二、三人稱）及數目（單、複數）一致是非常自然的。

　　d 句的 which 作為受詞的功用，從下面的句子即可一目瞭然：

She points at the showcase.
　　　　　　　受詞(→ which)

　　這裡作為受詞的關係代名詞，即使不寫出來也不會造成誤解，因此通常省略不用。（請參照第 197 頁。）

　　d 句中最後的 at，原則上也可以移到關係代名詞旁，但這樣的說法會予人過於嚴謹的感覺，所以一般在口語會話上都不會採用，還是 point at 的說法感覺比較自然。

Kelvin sees the showcase at which she points.

特別是當關係代名詞為 that時，是不可以把介系詞或副詞移到它旁邊，變成 at that 或 to that 之類不合乎文法的形式，例如下面句子便是錯誤的示範：

Kelvin sees the showcase **at that** she points.

我們在學校學到關係代名詞的用法時，通常都是先認識 who 及 which 的「主格用法」，然後是受格、所有格，最後才是「省略受格」的用法。但以英美小朋友的學習過程來看，對他們來說，聽到 This is the program I like. 的機率就像 This is my favorite program. 或 I like this program. 一樣平常。

換句話說，他們不去記甚麼是作主詞、受詞用的關係代名詞，或是其中有無關係代名詞被省略等這些生硬的文法概念，而是很自然地從句子中去學習。例如，我們可以在美國小學裡看到這麼一項校內規則：

Clean any equipment **you use**.

（自己用過的器具要清洗乾淨。）

這句話所省略的 which，在以英語為母語的人士眼中，是壓根兒不存在的。換句話說，文法只是學習的手段，如何運用於無形才是最高的境界。

5.　關係代名詞 that的含意

之前我們提過關係代名詞 who 要用於表示人的名詞，而 which 用於人以外的名詞；至於 that 則沒有限制，人也可以、東西也可以，為什麼呢？

先讓我們回頭瞭解一下 that 的功能。當兩人在對話，其中一人因不知道詳情所以開口問：Which (one)？ 時，另一人就會回答道 That (one). （那一個）。之後又問道 Who？ （是誰？）另

一方則回答 Oh, that is Tom!（喔！那是湯姆。）從這兩個回答的句子我們可以知道，That is...其中的...部分，可以是人 (Tom)、也可以是東西 (one)。因為 that 有這樣一個標準特徵，所以當 that 變成關係代名詞時，也同樣既可表示人，也可表示東西。

　　that 還有一個特徵是大家不可忽視的。例如我們講「那個啦！是那個啦！」的時候，不論對象是人或是東西，都可以感受到說話者有特別限定的意味。這種特別限定的感覺，便因此引申到同樣有限定意味的「最高級」用法。

Jason is the strongest man that I have ever met.

（傑生是我所遇見過最強壯的男人。）

　　在這個句子中，關係代名詞所補述的名詞對象為 man，本來應該也可以採用 who，但因為表達的是最高級，必須搭配帶有「限定」意味的字眼，所以在這裡便一定要用 that。除了最高級的用法之外，當句中提到 all, the only, the first, the last 等時，同樣只能用 that 一個關係代名詞。

This is the only money that I have.

6.　其它補述用法

　　接續在名詞後面、用來具體補述內容的用法除了我們已講解過的關係代名詞之外，還有另一個：關係副詞。例如我們以一間特定的房子為話題，問道「嗯？在哪兒？」時，就可以藉由關係副詞 where 來補充其餘的訊息。

We visited the house where [George Washington spent the rest of his life.]
　　　　　　　∥
　　　　哪裡？是什麼樣的房子？

　　同樣地，「方法」以 how，「時間」則以 when 來作為補述資訊的連接詞。

　　其實在名詞之後補述詳情的方式還有很多，如現在分詞 (-ing)、過去分詞 (-ed)、作形容詞用法的不定詞、介系詞片語等。但將這些方式一一加以比較之後，便會發現能豐富且完整地補述各種訊息的用法，還是非關係代名詞和關係副詞莫屬。

...the book **which** I liked and finally decided to buy

　　相反地，如果只想簡述名詞時，則以表示空間關係的介系詞最能表現出簡潔有力的句型。

...the book **on the rack**

　　雖然分詞、不定詞也可作為補述名詞的用法，但它們和關係代名詞（副詞）最大的不同點就在於，分詞和不定詞無法具體表現出「時態」。例如下面的例句，用關係代名詞句即透露出「什麼時候、持續了多久」的訊息：

Tell me, do you know anything about the woman **who** has been looking for this money?

（告訴我，你知道任何有關於那個找這筆錢找了好久的女人的事嗎？）

　　如果這句話以分詞的形式表現就是 ...the woman **looking** for this money，這句話只透露出「找東西」的狀態，而無法表現出 has been looking 這種現在完成進行式的時態。而且如果英語程度不夠好的人看到這句話時，說不定還不清楚究竟是誰在找東西呢！

　　再舉個例子，例如 an international organization (which is/that is) sponsored by UNESCO 這句話，如果（　）內的關係代名詞存在的話，大家便可明瞭「就是現在這個時間接受了援助」，因

為 be 動詞為現在式的 is；但如果將（　）內的部分省略不說，則大家只知道「被 UNESCO 援助」，至於這是以前的事，還是現在的事，就不得而知了。當然如果只是單純地敘述「被援助」，而不想拖泥帶水的話，選擇後者的用法就沒錯了。

第 XI 章

讓英語更有英語的味道

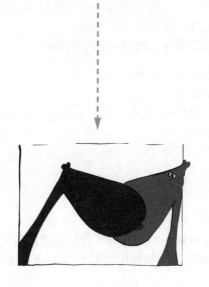

1.　何謂會話的文法

　　中國人講英語大致上可以，唯一一個較大的問題是在發音時「語調重音 (accent)」的差別。譬如講「我想喝杯水」，以較禮貌的英語方式表現：

I would like to have a glass of water.

　　書寫方面我想各位應該都沒有問題，但在發音時，只要語調稍微上升或下降，對方在解讀這句話時就可能會產生不同的看法。

　　例如，我們習慣把一個單字一個單字拆開來唸，而且會把重音放在句首 I would 上，話中最重要的「想要～」的部分反而模糊掉了，溝通的效果自然也打了折扣。如果是美國人唸的話，他們強調的重音一定是在後半部 (a glass of water) 的部分。因為在英語的句型構造中，後半部的訊息對聽者來說才是新鮮的、重要的部分，也是最容易被聽者記住的。

　　在實際的對話中，應該是如下的語序：

G: Iris, do you think you could eat anything?

I: I could try.

G: That's the spirit. You'll feel a different girl tomorrow.

I: I hope so.
　　　　　　　　　　　　　　　　　── *The Lady Vanishes*

（G: 愛莉絲，你想你能吃得下任何東西嗎？

　I: 我盡量試試看。

　G: 那就對了！你明天一定會感覺像換了一個人似的。

　I: 希望是囉！）

　　當乙方接收到新的訊息時，會根據這個新的訊息，再加上自己的意見發送出去；然後甲方同樣也會接收到來自乙方的新訊

息，經整理過後再發出另一段新的訊息出去，如此反覆循環的動作即構成了所謂的對話。

三個人的對話也是相同的情況。如下面的例子，B 承接了 A 說的話後，根據話中的內容再說出自己的意見；然後 C 又根據 B 說話的內容，傳達出自己的意見：

A. May I ask where the rest room is?
B. It's right over there.
C. You'll find it at the end of this lobby.

如果想要加強自己的會話能力，培養加入上述「連鎖對話」的能力可是相當重要的。在這樣的連鎖式對話中，不管是想要吸引對方的注意力，或是想要強調某部分的重點時，最常使用的方式便是強音的表現，例如下面的句子：

IT is coming!

前面提到過 it 的功能是提示現在話題的焦點，本身並不具有任何含意（請參見第 133 頁）。所以如果在這裡，我們將 IT 以強音唸出，但在不清楚 it 所代表的物件為何的狀況下，把它唸得這麼重，便會吸引人注意「好像有什麼恐怖的事情要發生了」，或是「恐怖的犯人要出現了」，營造出一種懸疑的氣氛。

2.　書寫文字的表現方式 —— 倒裝句

會話時可以用重音來強調重點，但書寫時可就辦不到了。頂多就是字用大寫，外加個斜體字就了不起了。所以英美人就針對書寫方面的加強部分，設計了幾種表現方式。其中之一就是倒裝句，它的用法就是先把場景設定寫在前頭，接著後半部才提出重要加強的部分。

這種倒裝的方式，由於一方面給人感覺句子暗藏玄機、心兒

撲通撲通跳地想一窺究竟的好奇心，同時也會讓人心存某種期待感，所以詩詞作家或小說家尤其偏好這類用法。現在就請各位用心體會一下下面的例句：

John pulled the rope, slowly and with all his might, and from the dark chamber beneath the floor arose a naked human corpse, suspended by a noose around its neck!

　　—— Paul Aurandt, *The Blunder of the body Snatchers*

（約翰緩慢地、用盡全力地拉了拉繩子。從地板下昏暗的屋子裡，升起了一具裸屍，脖子上還掛著條繩子。）

　　由於句中的場所副詞片語「從地板下昏暗的屋子」出現在前面，所以之後的主詞 (a naked human corpse) 及動詞 (arose) 順序便必須倒裝。在老式英語中，副詞（片語）出現在句首屬於正常的語序，因此倒裝句對英語而言，可說是帶點復古、追求高格調的用法。我們除了會在小說、詩詞、或是正經八百地述說，甚至是開玩笑的情況下，才會看到這種用法，否則日常會話中幾乎是聽不到的。

　　像倒裝句這種將要強調的部分盡量放在後半段，和先前一再提及的「新的訊息放在後半部」的用法，在英語中是非常普遍的。最典型的像是 It...to ～或是 It...that ～等構句的形式，就都符合這個特徵。依照這個規則，現在請思考一下，「吉爾打我的頭」這句話的英語，該如何表現才是最恰當的：

a. Jill hit **my** head.
b. Jill hit **me** on **the** head.
c. Jill hit **me** on **my** head.

　　其實 a, b, c 這三句根據不同的對話場合，都可能會用到，所以沒有哪一句是對，哪一句是錯的。其中 a 句乍看之下最符合中文原句，但其實不然，通常會用到的情況多半是在對話進行

中，接在 "Jill hit me." "Really, which spot?" 的問句之後，作補充說明（my head 既是新訊息也是焦點）。相較之下，b 句的「吉爾打我→打在頭的部位」，先是說明整個狀況，然後再詳述部分細節的用法，便相當符合英語特徵，也最接近中文的原義。

至於 c 句和上兩句比起來，在日常生活中幾乎不會用到。雖然它和 b 一樣，先是敘述整體訊息，然後再敘述其中的部分細節，但因它再度重複了「我」，也就是 my 這個字，讓人覺得似乎有什麼特殊狀況發生，才會如此強調。

例如拍電影，這句話就有可能會出現在劇本或工作腳本上，讓演員瞭解移動的步驟，並讓攝影人員知道該如何正確地移動攝影機：先是拍攝 Jill hit me 的全景，然後慢慢把焦點集中在演員的頭上，再來個大特寫。這麼簡單的一句話，卻包含了二、三種動作意識在內，所以對日常生活會話來說，算是一種特殊用句吧！

現在我們瞭解了英語訊息構成的特徵之後，也就愈熟悉英語語法結構的分析特性。以「他們搶銀行」這個句子來說，英語會說成 They robbed the bank. 聽起來沒有問題對不對？事實上的確沒有錯，只不過正如前面所講的，這比較接近對話進行中間的句子；正式一點的場合，尤其是書面的文字，通常會寫成：

They robbed the bank of its money.

如同稍早我們講解的用法，先敘述整體的消息「搶銀行」，然後再詳細描述實情「（搶）錢」，這個句子可說是交代最完整的說法，所以 of its money 在書面英語的構造上，可說是扮演著相當重要的角色。

3. 被動句型的基本觀念

現在可說是個國際化的時代，環顧我們的四周可以發現，日

常生活中有相當多直接以英語來表現，例如我們大家都相當熟悉的 Made in Taiwan 這句話就是個最明顯的例子。我們稱這類的句型為「被動式」，但嚴格地說，它又不能算是正確的被動句型，因為句中缺少組成一個完整句子該有的主詞及 be 動詞：

This product is (was) made in Taiwan.

要組成一個正確的被動句，除了要有主詞之外，另外動詞也要搭配主詞做合理的變化：單數、複數、現在式、過去式等等，都是相當重要的觀念。但在實際生活中，當我們拿著商品在手上時，心裡其實應該很清楚它是單數、還是複數，東西是現在做的、還是以前就做好的，所以如本書一直強調的，不要畫蛇添足，還是省略的好。

現在就讓我們好好地解析一下被動句型的結構。在英語造句時，單字排列的順序實為關鍵，尤其是被動句型，其中的動詞更可說是整個句型的心臟重地，顯得格外重要。

我們曾在第 32 頁中講過，最常使用的英語句型之一有；

主詞 ＋述語動詞 ＋受詞
名詞 1　　　　　名詞 2

其中名詞 1 和名詞 2 的關係，請看下面的例句應可理解（Jim 打破了 (broke) 杯子 (the glass)）：

Jim → broke → the glass
名詞 1　　　　　　名詞 2

這是一句純粹從客觀角度敘述杯子破掉的事實，並沒有從 Jim 或 the glass 的角度來看整件事情。

如果我們現在把焦點放到杯子上，強調「啊！杯子被打破了」的心態時，名詞 2 首先被 (the glass) 移到句首，變成：

The glass...broke
名詞 2

可是僅僅如此是不夠的，由於動詞是源於名詞 1 對名詞 2 做動作而成立，所以動詞 broke 必須改為過去分詞 broken（被打破）；又因為杯子是處於 broken 的狀態，而主詞 the glass 對應的 be 動詞是 was，所以便得出：

The glass was broken...

當然啦！如果杯子正好在眼前，則過去式的 was 便可以改為現在式的 is。（請參照第 37 頁。）

除了描述杯子被打破外，如果要加述是被誰打破的，只要在句子最後面加上〈by+人〉即可。

The glass was broken by Jim.

但是除非說話者要釐清責任歸屬，才需要加上 by ～的字眼，否則平常是不需要寫出來的。

4.　從〈be+過去分詞〉到〈be+形容詞〉

前面我們已提過被動式的基本句型為〈be+過去分詞〉，其中有些被動句，由於過於頻繁使用的結果，被動式的原意幾乎消失，反變成一些固定式的用語，不論說話者還是聽者，都不會感覺有被動的意思。如下例：

Don't be afraid of making mistakes.

afraid 原本為過去分詞，表示被動式「被嚇到」的意思。但隨著過去分詞用作表示形容詞的狀態之後，到今天，被動式 be afraid 便逐漸被認定為〈be+形容詞〉的句型，而且幾乎成為一句口頭禪的用法了。附帶一提，最早在被動句型中，表示動作一方的介系詞一般看到的都是 of；但今日則是以 with 和 by 為主，be afraid of 可說是少數僅存的例子。

　　這類過去分詞作形容詞用的動詞還有 be surprised（驚訝）和 be satisfied（滿足）等，表示的是一種狀態，當然也沒有「被驚訝到」和「被滿足」的被動含意，這點從強調語氣時所加的副詞是 very，和修飾形容詞一樣看來，應該不難理解。（若是被動用法的強調，應為 much＋過去分詞。）

　　這類過去分詞形容詞化的動詞中，有一個值得玩味的特徵便是，原本被動意思的〈by＋行為者〉的句型，其中的介系詞 by 常為 at, with 和 of 所取代（at 表示場所，with 表示共同存在，of 表示屬性）；而且除了 by 以外，所搭配的動詞也幾乎都與「感情」的表達有關。

> Michael was surprised at the news.
> （麥克對那件消息感到很訝異。）
> **→對播放的消息感到訝異（並沒有刻意注意到是誰被嚇到）**
> Michael is satisfied with the house.
> （麥克很滿意那棟房子。）
> **→對能在那棟房子裡感到很滿足（並沒有意識到是誰很滿意）**

5. 感嘆句的用法

　　如果請在學的學生舉出哪些英語文法或句型最讓他們印象深刻，讓我們感到意外的是，除了關係代名詞和現在完成式等句型之外，「感嘆句」竟也名列其中，這或許跟它生動的感情表現和獨特的句型不無關係吧！通常學校教導的感嘆例句多為：

> What a beautiful girl she is!
> How fast he runs!

　　但奇怪的是，在日常生活中，這類感嘆的句型幾乎是聽不到的。美國人如果心裡真的覺得受到感動、驚奇、或是要抒發特殊

情感時，通常他們就是很直率地、用很簡單的句子表達自己的心情：

Oh! This is beautiful!

（喔! 這真是太漂亮了! ）

Wow! That's terrific!

（哇! 太棒了! ）

或是以 how 和 what 構成簡單的句子：

How beautiful!

What a beautiful girl!

也就是說，日常會話中使用感嘆句時，對於眼前再明確不過的事物如「他……」或「那個人……」是不需要再提的，所以〈主詞＋動詞〉的部分通常都會被省略，除非真的是不說不知道，或是恐有被誤解之虞，才需要特別提出來。

在感嘆句中的 how 和 what，就如大家知道的，原本是個疑問詞，所以原疑問句型應該是 How beautiful?（有多漂亮？）和 What a beautiful girl?（是什麼樣的一位美女？）。但在會話中，為了表達強調的語氣，所以將問號？改成了驚歎號! 也因此就變成了感嘆句。在感嘆句的用法中，由於 how 身為副詞，有「如何」的意思，所以後面接續的單字應為形容詞和副詞。而 what 本身為形容詞，表「什麼」的意思，所以後面固定要接續名詞。

順帶一提，當年 Simon 和 Garfuncle 再度復合，於紐約的中央公園舉行演唱會，受到會場情緒感動的 Garfuncle 當時便不自禁大叫了聲：

Oh, boy! **What a night**!

（喔! 天哪! 今晚真是太棒了! ）

在感嘆句中，不見得都是讚嘆好的狀況，同時也有失望的情

緒。以下我們舉出一些常用來表達讚賞、驚嘆、還有失望心情的形容詞，供各位參考。

讚賞 感動	wonderful, nice, great, beautiful, lovely, terrific（了不起）, gorgeous, tremendous, fantastic, cool（酷）, delicious
失望 責難	awful, terrible（太恐怖的）, miserable, depressed, disgusting, horrible

由於感嘆的表現遠比 very（很）或 extremely（非常）等更具強調的效果，因此要注意的是，除非當時的狀況非常符合強調的口吻，否則會讓人有過分誇大、不悅的感覺，到時可就得不償失了。所以使用強調感嘆句，可說就像是投出關鍵性的一球一般，成敗得失繫於一身，不可不慎哪！

6. 常用的祈使句

在日常生活中，偶會發現實際用到的英語和學校學到的英語文法時而有微妙的差異，時而讓人產生誤解、疑惑。除了前面提到的感嘆句，最讓人感到困惑的可能就是「祈使句」的用法吧！英語的祈使句，事實上也包含了中文的命令句，如「不許踐踏草坪」、「把窗戶打開！」等語氣稍微強硬的說法。瞭解到這一點，問題應該就不難解決。

下面所列的表格，是我們從 20 部呈現美國日常生活的電影中，將其中有關拜託、請求允許的句型分類整理，所得出的分析結果：

句型	百分比	句型	百分比
祈使句	65.23	Could you...?	1.49
Please...	5.33	I'd like to...you ～	1.49
Will you...?	4.47	I'd like you to...	1.28
I want you to...	4.05	I want to...you ～	1.07
Would you...?	2.99	Can I...you ～	0.85
Why don't you...?	2.77	May I...?	0.85
Would you...?	1.71	Could you please...?	0.6
Can you...?	1.49	其他	3.62

　　從上表中我們可以看出，美國人使用祈使句的次數相當頻繁；甚至有些在我們的眼中應該保持某種程度鄭重和嚴謹的場合，美國人仍習慣直截了當地解決，這也可以說是美國人不拘小節的個性使然。

　　在這些句型中，please 在一般的會話上出現最為頻繁，它原本是個動詞，是由假設用法 If you please 省略而來。

　　下面的對話是電影《回到未來》 *(Back to the Future)* 中，Mighty(M) 與老闆 (L) 的對話，相信不管是 M 還是 L 的說詞，在我們聽來都是相當隨性粗魯的講法：

M: **Gimme** a Pepsi Free.

L: You want a Pepsi, pal, you gonna pay for it!

M: Well, just **give** me somethin' without any sugar in it
　　── okay?

L: Somethin' without sugar.

（M: 給我一杯無糖的可樂。

　L: 你要喝可樂，兄弟，先付錢來再說。

　M: 哪！只要給我任何無糖的飲料都可以。

　L: 無糖的是嗎?!）

現在我們出個簡單的問題考考各位，請試著把下面的一段話翻譯成英語。注意由於原文設定閱讀的對象為小朋友，所以請勿過於咬文嚼字、拐彎抹角，只要簡單地直述出來即可。

「現在請試著做一本屬於自己的畫冊。請先小心地撕下這一頁，然後在寫有『剪下』的地方剪下那條線，在寫有『折起來』的地方把線折起來。最後再把所有剪下及折起來的部分集中在一起，請你的爸爸或媽媽用釘書機全部釘在一起。」

其實這一段話擷取自一本英語畫冊，我們把它翻譯成中文。在畫冊中的原文是這麼寫的：

Make your own book of colors. Tear out this page carefully. Cut on the lines that say "cut". Fold on the lines that say "fold". Put the pages together and ask your mother or father to staple them.

比較中、英文版本後會發現，中文的「請做～」、「請試著～」的句型，英語完全沒有以 please 來表示，反而是以命令形的句型出現。

再舉個實例。在電影 *"Big"* 中，主角 Josh 兩手握拳，其中一手握有一枚戒指，他要 Susan 猜藏在哪一隻手裡。這一幕翻譯成中文的內容為：

Josh: 你要選哪一隻？
Susan: （猜錯了）
Josh: 哈哈哈！再猜一次。
Susan: 那一隻。（這次猜對了）
Josh: 給你吧！

我們找個英語能力到達一定程度的大學生來翻譯，結果如下：

Josh: Which do you prefer?
Josh: Ha-ha-ha. Please do it once again.
Susan: I prefer that one.
Josh: I'll give it to you.

這幾句話文法沒有錯，在英語會話中也算及格，可是感覺就不像一般真正的對話那麼自然，反而有點拖泥帶水、不夠簡潔有力。電影中播放的真實對話如下：

Josh: **Pick** one.
Josh: Ha-ha-ha. **Try** again.
Susan: That one.
Josh: It's for you.

如何？是不是覺得簡單明瞭、同時又兼具了祈使句的實效？

7. 否定用法

當我們要否定句中的一些想法或內容時，第一個想到的工具應該就是 not。在使用 not 時，有個很重要的觀念，就是要找出所否定的對象是句中的哪一個字？哪一句話？還是根本就是否定一整句話。

請想想下面句中的 not 所否定的對象為何？

a. I don't think I can make it without him.

其實這裡 not 是要否定整句話，也就是委婉地表達「沒有他的話，我不認為事情可以成功」的意思。

如果把這句話換成下面的講法，就是要刻意凸顯「做不成」的感覺：

b. I think I can't make it without him.

翻譯成中文是「沒有他的話,我想事情不會成功的」的意思,這裡 not 否定的對象直接衝著 make it 來,隱隱約約也透露了說話者認為「不會成功(不可能的)」的強烈否定訊息。所以在一般會話中,以 a 句 I don't think... 的句型較為常見,除非是特殊的場合,如討論契約條款時,要明確地指出哪一條可以、哪一條不可以的情形時,才會用到 b 句,以避免任何模糊不清的討論。由此我們或許可以替否定字 not 的使用原則下個定義,就是愈靠近 not 的對象,被否定的程度也就愈強。

請各位再試試看,分析一下各句中哪一句被最直接強烈地否定?哪一句又是間接溫和地否定呢?

c. Stanley is **not** happy.

d. I think Stanley is **not** happy.

e. I don't think Stanley is happy.

f. Stanley is **un**happy.

請先看哪一句的 not(或者是 un-)最靠近 happy? 答案是 f 句,對吧!?所以 f 句的否定意味最強,其次是 c 句、再來是 d 句,最弱的否定意味是 c 句。相信透過先前的說明,各位應該已經相當瞭解了吧!

8. 疑問句不只是疑問句

有些英語用法如果只拘泥在文法規則,一成不變地應用到實際情境時,有時是會鬧笑話的,例如疑問句就是其中之一。按照一般文法規則來說,疑問句,也就是相對於平述句的句型,但在實際溝通的過程中,有很多的疑問句不是真的要對方回答是或不是,而是希望可以藉由疑問句,引發對方做進一步的反應性動作。

例如當我們被某人問到:

Do you know the time?

　　以文法的角度來說，這句相對於平述句 I know the time. 的疑問句，只需回答 Yes, I do. 即可。但在實際的過程中，我們應該可以判斷得出「對方是想要知道現在幾點鐘」，而不是真的想知道你知不知道時間，所以不該回答「我知道」或「我不知道」，而是馬上做出反射動作「看看手錶，然後告訴對方 It's 5:30.」。

　　再想想另一個問句：

Is this a pen?

　　這是一句由單純的直述句 This is a pen. 演變而成的疑問句，如果單從說話者手裡拿著 pen，然後問對方「這是鋼筆嗎？」的動作看來，恐怕會讓人覺得他的腦袋有問題，連是不是鋼筆這麼簡單的事情都搞不清楚。當然這裡的問題不是出在句型、文法、或是問題的本身，而是說話時的情境考量。如果說話者心裡想著「找枝筆來寫吧！這枝可以寫嗎？」在這種心態下提出 Is this a pen? 的問句，便算是合情合理。因為說話者心想著「我想要枝筆，不是鉛筆，而是鋼筆，啊！我看到這裡有枝可以寫的鋼筆，如果可以寫的話，請借給我用吧！」所以隨口說出 Is this a pen? 的問句，期待對方能以 Sure. Uh-huh. 或是 Go ahead.（你拿去吧！）作回應。

　　所以當我們看到簡單的疑問句時，要有直覺的反應就是「有求於人」、「想獲知消息」、或「提出建議」的心態，並且希望各位能反覆練習，直到熟練為止。

9.　當省略則省略──語言的經濟效益

　　我們在學英語這門外語時，多多少少都會受到母語的影響，

這是無可避免的事，但對已經學到一定程度的大人來說，這種影響卻也不見得都是負面的。因為大人們懂得拿兩種語言做比較，並藉此找出語言之間的差異性以及各自的特徵，經消化之後，再轉換成自己的心得，一時間恍然大悟，自此加速了學習的腳步也不一定。

對初學者來說，尤其易於傾向拿母語跟英語做 1 對 1 的比較學習。例如中文講「小鳥在天空飛」，請他們換成英語便成為 Birds fly in the sky. 這句話找不出半點文法上的錯誤，但問題是，美國人認為小鳥毋庸置疑本來就是在天空飛的，所以講英語時是不需要刻意提出 in the sky 的字眼：

Birds fly.

也許有人質疑，小鳥不見得只在天空飛呀！例如「小鳥從籠中逃出、在屋內飛來飛去」的情況下，總是有吧!?事實上，特殊的狀況也會有特殊的用法：

The bird is flying in the room.

適時地加入必要的訊息，才能更傳神地表達出含意，你說是嗎?

以英語溝通時，想要發揮語言強有力的功效，學會將多餘的訊息丟掉是相當重要的技巧。但我們往往一個不小心，便被中文牽著鼻子走，畫蛇添足地多說了些不必要的字句。在以前，你或許認為那只是些小問題，沒什麼了不起；但相信各位讀了本書之後，應該可以體認到以前你認為的小問題，事實上在英語的世界裡可是相當重要的。

我們舉個簡單的例子。當我們說「現在幾點鐘?」，相信多數的人會逐字翻譯成英語 What time is it now? 這句話本身並沒有問題，但句中刻意出現「現在」的字眼，卻讓人覺得過於拘泥而不自然。一般美國人都是這麼說的：

What time is it?

　　同樣的狀況，當我們發現事情不對勁，問道：「這裡究竟出了什麼事?」時，逐字翻譯的結果就是 What's going on here? 但說這句話時，「在這裡」本來就是理所當然的，所以在正常的狀況下，here 應該予以省略，只說 What's going on? 即可。

　　順帶一提，我們查看了日常會話中的分類資料後，得出下面的結論。其中也有加了 here 的句型，應該算是特別強調場所的特殊用法吧!（數字表示出現次數）

What's goin' on?	9
What's going on?	14
What's going on here?	1
What's going on in there?	1

　　其次，當我們發現某人不對勁時，問他：「你怎麼了?」英語又該如何表現呢?

What's the matter?

　　如果請各位回憶一下，應該還記得學校教我們的說法多是 What's the matter with you? 吧!?同上述的道理一樣，除非要刻意強調「就是你，就是你這個人」的感覺之外，否則是不需要加 with you 在後面的。下面同樣是實際日常會話的使用次數：

What's the matter?	26
What's the matter with you?	4

　　與 What's the matter? 相同意思的句子 What's wrong? 其使用狀況又是如何呢?

What's wrong?	18
What's wrong with you?	1
What's wrong with this one?	1

有個較特殊的用法，雖然同為相同的句型 What're you doing here? 這裡的 here 卻與上述例句的 here 不一樣，是常見存在於句中的。

What're you doing here?	4
What're you doin' here?	3
What're you doing?	4
What're you doing in London/town/Christy's bed?	3

因為 What are you doing? 可以有兩種解釋，一是「你在做什麼？」問話的意思是問對方你現在在做什麼事情；第二種解釋是「你是做什麼的？」也就是問對方從事何種職業的意思。為了區分這兩個意思，因此在後面加個 here，好讓對方瞭解問話的意思是「現在在這裡做～」。

在日常生活中，希望各位能隨時注意周遭的英語用法，遵循「該省略則省略」的原則，好好地、切身地去體會英語的感覺。

第 XII 章

句子如何連接

——— 接續的技巧

1. 接續詞 before 的功用

請想想「這個我已經學過了」這句話，英語該怎麼說呢？

I learned it.

應該沒錯吧！可是各位是否注意到這句話是用過去時態，所以無法從傳達出的訊息中得知是過去的哪一段時間學的。如果刻意要強調學習時間，如「去年」或是「兩個星期前」，可以在句尾加上時間的副詞片語：

I learned it last year.
I learned it two weeks ago.

如果還要再詳述時間的觀念，譬如「這麼說來，那是你在唸高中之前的事囉！」或是「是你來臺灣之前的事吧！」而不再只是單純地告知去年或是兩週前這種單一時間的話，又該如何表現呢？

通常只要牽涉到時間的話題，多是以副詞作修飾；但當僅靠簡單的副詞片語或單字無法表現出一整句話的內容時，我們便可以考慮改用「在～之前」意思的 before，將主要句子與時間子句連接在一起，變成「我已經學過了 —— 算起來是唸高中之前的事囉！」的形態。

I learned it —— before I went to high school.

也就是說，英語可以用 before 或 when（當～時候）等的接續詞，將兩句話連接在一起，以表現更為複雜的內容。

「有效期限」

before 不只可以用來連接兩句話，同時也可以作為介系詞使用。其中有個作為日常生活表現的用法，希望各位一定要知道：

Best **before** 01 03 98

直接按照字面意思解釋為「在 1998 年 3 月 1 日（因為是英國的食物，所以日期順序為日—月—年）前的狀況是最好的」，對應到日常生活中，即是我們所謂的「有效期限」。

Flatten **before** disposal.

這是一句印在飲料包裝盒上的句子，意思是提醒大家「在丟棄之前請先壓扁盒身」。

2.　after 的用法

after 是時間接續詞 before 的反義字，表示「在～之後」的意思。

  a. **After** she finishes breakfast, Audrey plans to go out for a walk.
  b. Audrey plans to go out for a walk **after** she finishes breakfast.

上述兩句話都是平常使用的句子，若要嚴格地區分兩者間的差異的話，應該說 a 句較為重視前後順序的時間性，有「先做～再做～」的感覺，所以整句話中「吃完飯後」是一大重點。至於 b 句則是將重點放在「Audrey 要去散步」，after 之後的狀況（吃完飯後）則只是附隨在重點之後的一個單純意念而已。

另外，在日常生活中，常見將 after breakfast「吃完早飯後」放在句尾的用法，此時的 after 就不是接續詞，而變為介系詞了。

Audrey plans to go out for a walk after breakfast.

如果把 after breakfast 改放在句首，則有「就在吃完早飯的時間之後～」的強調意味。

After breakfast Audrey plans to go out for a walk.

像這類孰前孰後，因而影響到語意重點的情形，不只是 after, before 才有，舉凡其他條件句（如 if 子句）或理由句（如 because 子句）等，同樣也都適用。

3. 「點狀」的 when 和「帶狀」的 while

When Sammy finally reached the woods, he heard a strange noise. —— C. Bennett, *Sunset lsland*

（當 Sammy 終於抵達森林時，他聽到了一個奇怪的聲音。）

由上例可以知道，when 表示「某一個時間」的定點時間。如果描述的是一段時期，也就是「在某一段時間內」的狀態時，就必須改用 while。也就是說，when 和 while 基本上算是同類字，兩者的差別只在於時間距離的長短。但在使用上，相較於不論在書寫或是會話方面都所向無敵的 when，while 的表現顯然少了許多，在會話方面尤其少用。以下調查資料是 D. Harding 在 1988 年所發表的結果：

	when	while
口語（日常會話）	289	21
書寫（報紙、雜誌）	229	60

while，正如同字面意思表示「期間」，其句型以進行式為最多，約佔全體用法的 65%。

While she was working down in Texas, she called herself Jane.——*ABC Evening News*
（當她在德州工作時，替自己取了個名字叫珍。）

這句話是延續前面一句話下來的：「對啊！她之後逃到了阿肯色州，在那裡待了 5 個月，後來又跑到德州去了。」因為她是一名通緝犯，所以走到一個地方便換一個假名。

不論是 when 或 while，當句中的事物相當明顯、無須再贅述時，通常就會予以省略，所以之前的例句便可以變成 While working down in Texas，省略了 she was。甚至連 while 都省略，變成分詞構句 Working down in Texas 也是可行的。

但是少了 while，到底有沒有影響呢？基本上意思是大同小異的，如果真要找出其中的差別，我們可以說 while 句型點出了「在做～的那一段日子裡」的時間感；而分詞構句 Working...則給人「在工作狀態下」的感覺。

其實從 -ing 的句型中很難判斷出原來的句型究竟是省略了 when，while，或是其他的接續詞，例如上面的例句之所以推測為 while，主要就是根據前後文的語順以及意思判斷出來的。

4.　有趣的接續詞 as

在眾多的接續詞中，如果要選出趣味性第一的得獎者的話，相信非 as 不可了。其實 as 算得上是個千面人，它不僅是接續詞，同時也身兼副詞（多以 as...as 的句型出現）、代名詞（such...as 等的句型）、以及介系詞（as an exchange student 之類的用法）的角色。

從日常生活的調查中發現，as 最常見的用法是 as...as，因為

它最能發揮 as「如～一般」的原始意義。在美國，尤以 as long as 及 as soon as 之類描述時間觀念的表現最為頻繁，由此可以證明美國是一個多麼重視時間觀念的民族啊！

Nobody has ever loved me for **as long as** I can remember.—— *Annie*

（我從不記得有任何一個人曾愛過我。）

as 作為接續詞用時，有一個意思是「當～；正值～」，或許你以為無關，但實際上它仍然圍繞在 as...as「如～一般」的意念上打轉。

as 的基本意義為「2 個事件或動作幾乎同一時間（將要）發生」。

They will serve you　　　　**as**　　　　you go along.
　　服侍餐飲←　　　幾乎同時　　→往前進

這裡的 as 意思和另外一個接續詞 while 相近，給人有動作未完、持續進行中的感覺。

They will serve you **as** you go along.
　　　　　　　　　　　（「前進」的動作將完未完）
　　　　　　　　　while you go along.
　　　　　　　　　　　（持續前進的狀態）

如果把 as 換成 when 的話，又會產生什麼樣的效果呢？由於 when 代表的是點狀的時刻，所以這時的意思便成了完成「前進」的動作，也就是走到定點時。

They will serve you **when** you go along.
　　服侍餐飲　　←　　　走到定點時

由此我們可以看出 as 和 while 的感覺相似，而與 when 有

蠻大的差距。現在假設另一個狀況，如果伴隨著前進的動作，而餐飲「倏地」被端出來時，又該如何表現呢？

They will serve you as soon as you go along.

用 as soon as 便可以表達出「和前進的動作同時發生」的感覺。

敘述了這麼多關於 as 的用法，只有一點務請各位記住的便是，不管 as 搭配的對象為何，它基本的含意「如～一般」一定都不會消失的。其實追溯以往古老的英語歷史讓我們知道，all so 也就是 also為 as 的前身，所以說穿了其實感覺都是蠻類似的，不是嗎？

5. that 的省略

請看下圖。在一個大句子中包含了一個小的句子，其中的大句子意思是「我想」，想什麼呢？想「你搭錯車了」。

I think that you're on the wrong bus.

擔任連接這兩句話的角色就是中間的 that，我們可以界定 that 為指示代名詞，用來導入「想」的內容。所以看到 that，閱聽者下意識就有下一句為「那就是～」的預期心理。

有趣的是，為了避免由 that 所連結的完整句子過於嚴謹，也由於之前已提過大家看到 that 後都有的心理準備，所以在會話時，通常 that 都被省略。

I told the police I had never met that Jerry-guy. —— L.Carter, *Catch Ya Later*

（我已經告訴過警察，我從沒見過傑瑞那個傢伙。）

相對地，如果句中仍保有 that 的話，就會讓人感覺到有刻意強調的意思。此外，若要刻意與對方保持距離、客觀地陳述自己的意見時，也可以將 that 留下。

I think **that** I should go now.

類似的省略觀點除了接續詞的 that 之外，其他像受格身分的關係代名詞，或是當 that 子句前面接續的動詞為表示要求或建議時，子句中的 should 也符合省略的條件。下面的例句中，stay 之前的 should 就是這樣被省略的：

The state police ordered that every citizen stay home until noon. —— ABC, *Evening News*

（州警察命令所有的市民都得留在家中不得外出，直到中午為止。）

6.　關於 so ～ that... 句型

請看看下列這句頗為複雜的英語句子。

Bruce is **so** injured **that** he can't move at all.

（布魯斯傷重到幾乎不能移動。）

這裡有個相當重要的句型 so ～ that...not。現在就讓我們稍微深入地分析一下這個句子。

事實上在同類句型中，也有肯定用法的 so ～ that...。因為 that 子句既可以是肯定，也可以是否定，而且根據調查資料顯示，兩者出現的頻率幾乎是相同的。此外，這類句型很常出現在書寫方面，例如報章雜誌上便經常以這類句型描述前因後果，所以各位有必要好好學會它的用法並瞭解它的基本含意。

例句中的前半段 Bruce is so injured. 可以視為一個單獨成立的句子，但如果只是單純地敘述「布魯斯受傷很嚴重」，強

調 injured 這個過去分詞（或形容詞）時，其實也可以用 very 或 much。

　　與 very 和 much 不同的地方是，用 so 這個單字時，後面可以接續用來具體描述並說明受傷程度的 that 子句。

　　在日常會話中，偶爾會聽到只說 Amy is so cool. 的用法，至於到底多酷則留給聽者自己去想像。但通常聽者聽到這句話時，心裡頭都會期待後續發展的 that 子句，以瞭解其中具體的內容（Amy 為什麼很酷的原因）。

　　另外，如果 so 之後接續的形容詞或過去分詞帶有負面意義，如 injured, bad 或 sick，則後面多半為否定用法的 that...not...。相反地，若是 so 後面接的是具有正面意義的字眼如 cool, beautiful, happy 等，則後面的 that 子句便多以肯定句型 that... 相呼應。

　　就如我們前面所提的，在實際會話中，這類句型多半只會出現在書寫應用上；也許就是因為它過於形式化的表現，所以在口語中幾乎是聽不到的。一般遇到這類狀況時，不是省略 that，就是把句子拆開重新組合，以另一種嶄新的面貌表現出來。

[正面意義的例子]

I've become **so** preoccupied with my work I've almost lost track of time. —— *Annie*

（我忙碌的工作讓我忙到幾乎忘了時間。）

The memories will be **so** thick, they'll have to brush them away from their mind. —— *Field of Dreams*

（這些深植在他們心中的記憶是那麼地深刻，讓他們非得從心中洗去這些記憶不可。）

[負面意義的例子]

I'm **so** humiliated. I don't know what to say. —— *Hannah and Her Sisters*

（我實在是慚愧到不知道該說些什麼才好。）

But now, I'm **so** frightened I can't move, speak, or breathe.
—— *Hannah and Her Sister*

（但是現在，我竟害怕到我無法移動、說話、或是呼吸。）

當然少歸少，口語會話中還是有 so...that...(not) 的句型的，現在就舉個例子讓各位看看：

Yeah, I'm not **so** sure **that** I, **that** I like that idea myself, anyway.—— *Total Recall*

（對啊！畢竟我自己也不是那麼確定我會喜歡那個主意。）

7. 會話語序中的接續詞

觀察接續詞的用法時，很重要的一點便是，落實到現實的對話中。

a. **When** I eat oysters, I always get sick.
b. I always get sick **when** I eat oysters.

這兩句話乍看之下意思都是相同的。若要仔細挑出其中的不同點，則 a 句是先提出時間設定：「吃生蠔的時候」，然後「總是感到噁心」。而 b 句則是先說「總是覺得很噁心」，接著才補述時間「在吃生蠔的時候」。這一點跟先前介紹的 before 和 after 的狀況是一樣的。

但是，如果我們試著從另一個角度，也就是從整段的會話過程來分析這兩個句子時，會發現其中有個豐富的含意。

首先是 a 句。由於 a 句將 when 移到句首，前半句的重心便因此放在動作發生的時間上，這表示接在 when 之後的陳述內容多少應與之前話題有關，也就是雙方可能之前就已經提到 seafood, oysters 甚至美食等，才有可能不去強調內容而強調

時間。相較之下，b 句將 when 置於句中，連接了前後半句「我總是感到噁心」＝「（當）我吃生蠔」，時間在這裡只扮演「橋樑」的角色。也就是說，這句話的重點是擺在「生蠔→噁心」兩件事上，所以即使之前談的是風馬牛不相及的內容，可能是說話者一時感到噁心，也或許是保健話題的聯想等，這些都是有可能的。

同屬此類會話邏輯語序關係者，還有表示條件的 if 及表示原因、理由的 because, since 等。今後，期盼各位能盡量接觸自然的、鮮活的英語，一面感受「順應語序的會話文法」，一面培養屬於自己的自然英語。

主要參考文獻

本書所採用的認知意義論的基本構想、實際佐證法和應用法等，主要是參考以下書目寫成。其中部分書籍的內容並未載於本文，一併列出的原因，純粹是想提供進修者作參考。（有 * 記號者，為作者在另一本著作《基本英語單字之意念及概念》中已出現過的參考書籍，由於其相關資料均已列於該書之後，在此將不再重述。）

Bennett, D. (1975) *Spatial and Temporal Uses of English Prepositions —— an Essay in Stratificational Semantics.* London: Longman.

[為一本真正研究有關空間、時間介系詞的書，饒富啟發性。]

*Bolinger, D. (1977) *Meaning and Form.* London: Longman.

（中右實譯，《意念及形式》，尾案書房。）

Brugman, C. (1988) *The Story of Over: Polysemey, Semantics, and the Structure of the Lexicon.* New York: Garland Publishing, Inc.

[本書將全部的焦點放在空間概念的 over 上，是一本試論應用認知意義的好書。書中分析一系列特定的空間概念，具說服力。]

*Chafe, W. (1970) *Meaning and the Structure of Language.* Chicago: University of Chicago Press.

Clark, H. and E. Clark (1977) *Psychology and Language.* New York: Harcourt Brace and Javanovich.

（藤永保他譯，《心理語言學》，新曜社。）

[出版年代雖然久遠，仍不失為有志研究語言和心理者必讀的入門書。]

*Fauconnier, G. (1985)　*Mental Spaces of Meaning Construction in Natural Languages.*　Cambridge, Mass.: The MIT Press.

（水光雅則他譯，《心靈空間》，白水社。）

Givón, T. (1979)　*On Understanding Grammar.*　New York: Academic Press.

[向來以獨特的觀點提出尖銳指摘和分析著稱的作家，這次在本書中針對機能性所作的探討，相當符合實際溝通的文法構造。此外，*Syntax: A Functional-Typologicasl Introduction* (1984) Benjamins 也屬同一作者的書。]

Goldberg, A. E. (1995)　*Constructions: A Construction Grammar Approach to Argument Structure.*　Chicago: University of Chicago Press.

[一本嚴謹探討認知文法關連話題：「構造文法」(construction grammar) 的入門書。]

Green, G. (1974)　*Semantics and Syntactic Regularity.*　Bloomington: Indiana University Press.

[本書將意思和構造上的關連性做一系列的研究，並採用許多饒富趣味的案例。]

Heine, B., U. Claudi and F. Hunnemeyer (1991)　*Grammaticalization —— A Conceptual Framework.*　Chicago: University of Chicago Press.

[本書為介紹最近成為話題的「文法化」的最佳概論書。]

*Herskovits, A. (1986)　*Language and Spatial Cognition.*　Cambridge: Cambridge University Press.

深谷昌弘／田中茂範 (1996)《語言的〈語意論〉》，紀伊國屋書店。

[試圖從人類的行為（經驗）來修正認知意義論的諸多問題點，可說是作者的一部野心作，是有志編寫「溝通文法」書籍者不可不看的力作。]

*池上嘉彥 (1975) 《意味論》，大修館書店。

*Jackendoff, R. (1983) *Semantics and Cognition.* Cambridge, Mass.: The MIT Press.

Jespersen, O. (1909–49) *A Modern English Grammar on Historical Principles.* London: George Allen & Unwin.
　[通稱 MEG，是一本所有關心文法的人士，必都希望看上一次的古典名著。從單字篇到句型篇共編纂數冊，堪稱一系列大型的著作。]

*Johnson, M. (1987) *The Body in the Mind.* Chicago: University of Chicago Press.
　（菅野盾樹・中村雅之譯,《內心的身體》，紀伊國屋書店。）

*Johnson-Laird, P. N. (1983) *Mental Models.* Cambridge: Cambridge University Press.
　（海保博之監修，《心靈模型》，產業圖書。）

河上誓作（編著）(1996)《認知言語學的基礎》，研究社出版。
　[本書為歸納了最近以 Lakoff 及 Langacker 等為中心的「認知語言學」諸多構想的一本概論。書中介紹了許多具體的分析及實例，相當容易理解。]

國廣哲彌 (1981)《意念論的方法》，大修館書店。

*Lakoff, G. (1987) *Women, Fire, and Dangerous Things: What Categories Reveal about the Mind.* Chicago: University of Chicago Press.
　（池上嘉彥譯，《認知價值論》，紀伊國屋書店。）

*Lakoff, G. and M. Johnson (1980) *Metaphors We Live by.* Chicago: University of Chicago Press.
　（渡部昇一譯，《修辭學及人生》，大修館書店。）

*Langacker, R. (1991) *Concept, Image, and Symbol.* Berlin: Walter de Gruyter.

*Lehrer, A. (1974) *Semantic Fields and Lexical Structure.* Amsterdam: North-Holland.

*Lindner, S. (1981) *A Lexico-Semantic Analysis of English Verb Particle Constructions with OUT and UP.* Unpublished Doctoral Dissertation. The University of California, San Diego.

Lyons, J. (1977) *Semantics I, II.* Cambridge: Cambridge University Press.

[本書總括來說已稍具年代，為一本歸納整體意念論的入門書，共有單字編 (I)，及統語編 (II) 上下兩冊。]

McMahon, A. (1994) *Understanding Language Change.* Cambridge: Cambridge University Press.

[這是一本解說語言變化的佳作，書中隨處可見有關文法化現象的詳細解說。]

*Miller, G. and P. N. Johnson-Laird (1976) *Language and Perception.* Cambridge, Mass.: The MIT Press.

中右實 (1994) 《認知意念論的原理》，大修館書店。

[此乃作者所提倡《階層化意念論》的概論，從認知文法論的觀點出發，提出許多具體分析的例子，相當值得參考。]

Pinker, S. (1989) *Learnability and Cognition: the Acquisition of Argument Structure.* Cambridge, M. A.: The MIT Press.

[可說是一本致力於解決關於「學會語言」和「認知」問題的好書，書中隨處可見許多尖銳的批評。與作者的另一本啟蒙書 *The Language Instinct (1994)* （掠田直子譯，《產生語言的本能》，日本廣播出版協會。）同樣淺顯易懂、饒富趣味。]

Quirk, R. S. Greenbaum, G. Leech, and J. Svartvick (1985) *A Comprehensive Grammar of the English Language.* London: Longman.

[在現在所有可取得的文法書中，本書可說是詳細的一本。與其說是書，還不如說它是一本經過整理、集文法現象大成的字典。]

Schank, R. and R. Abelson (1977) *Scripts, Plans, Goals, and Understanding.* Hillsdale, N.J.: Lawrence Earlbaum Associates.
[透過電腦知識及人工技能將人類知識予以模組化時所產生的「常識」及「知識範圍」等議題，正是本書的探討重點。]

Taylor, J. R. (1989) *Linguistic Categorization: Prototypes in Linguistic Theory.* Oxford: Oxford University Press.
（這幸夫譯，《認知語言學 14 章》，紀伊國屋書店。）
[是一本淺顯易懂的認知語言學概念。書中詳述了重要的概念「原形」及「修辭學化」。]

Traugott, E. C. (1983) *Grammaticalization.* Cambridge: Cambridge University Press.
[概說認知語言學的基本想法及文法化間的關聯性，同樣淺顯易懂。]

*田中茂範 (1990) 《認知價值論：英語動詞的多義構造》，三友社。

Ungerer, F. and H. J. Schmidt (1996) *An Introduction to Cognitive Linguistics.* London: Longman.
[在現在所有可取得的書中，它算得上是一本最符合「認知語言學」標準的概論。]

*Vygotsky, L. (1988) *Thought and Language (2nd ed.)* Cambridge, Mass: The MIT Press.
（柴田義松譯，《思考與語言》，明治圖書。）

Whorf, B. L. (1956) *Language, Thought and Reality.* Cambridge, Mass.: The MIT Press.
（池上嘉彥譯，《言語・思考・現實》，講談社。）
[思考語言和文化關連的古典著作。書中提出「人類透過語言這副有色眼鏡來看這個世界」的新思維。]

Wierzbicka, A. (1992) *Semantics, Culture and Cognition: Universal Human Concepts in Culture-Specific Configurations.* Oxford:

Oxford University Press.

[書中舉出相當多具體的案例，並藉此展開自成一格的「認知論」和「文化論」，饒富啟發性，可說是一位精神飽滿、銳氣十足的作家。]

山梨正明 (1995) 《認知文法論》，羊書房。

[這是一本將「比喻」視為存在於多數語言現象和人類認知作用細縫間的產物，並探討其成型過程的文法論。]

參考文獻

Bolinger, D. (1980)   *Language —— The Loaded Weapon.*   London: Longman.

Collins, A. M. and E. F. Loftus (1975)   A Spreading Activation Theory of Semantic Processing. *Psychological Review, 82.*

Hardin, D. (1988)   *When and While as Temporal Adverbial Subordinators in American English.*   UCLA.

Leech, G. (1966)   *English in Advertising.*   London: Longman.

Rosch, E. and C. Mervis (1975)   Family Resemblances: Studies in the International Structure of Categories. *Cognitive Psychology, 7.*

Thompson, S. (1988)   A Discourse: Approach to the Cross-linguistic Category "Adjective". J. Hawkins (ed.) *Explaining Language Universals.*   Oxford: Blackwell.

索 引

伍史利的大日記

——哈洛森林的妙生活 (I)(II)

Linda Hayward著　本局編輯部 譯

有一天，
一隻叫伍史利的大熊來到一個叫做「哈洛小森林」
的地方，並決定要為這森林寫一本書，
這就是《伍史利的大日記》！
日記裡的每一天都有一段歷險記或溫馨有趣的小故事，
你愛從哪天開始讀都可以，隨你高興！
趁著哈洛小森林的動物們正在慶祝著四季的交替
和各種重要的節日時，隨著他們的步伐，
一同走進這些活潑的小故事中探險吧！

●三民英漢辭書系列●

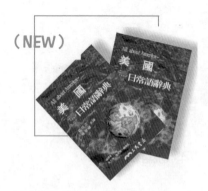

（NEW）

美國日常語辭典

網羅約8千條日常語彙，
解說美語所代表的文化意涵；
更道地、更進階的生活美語，
伴您暢遊美國。

精解英漢辭典

雙色印刷加漫畫式插圖，
是便利有趣的學習良伴，
國中生、高中生適用。

（革新版）

皇冠英漢辭典

詳列字彙的基本意義及各種用法，
針對中學生及初學者而設計。

新知英漢辭典

收錄高中、大專所需字彙4萬3千字，
強化「字彙要義欄」，增列「同義字圖表」，
是高中生與大專生的最佳工具書。

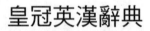

為您量身訂做的英漢辭書
體貼不同階段的需要

廣解英漢辭典

收錄字彙多達10萬,詳列字源,
對易錯文法、語法做解釋,
適合大專生和深造者。

簡明英漢辭典

口袋型5萬7千字,攜帶方便,
是學生、社會人士及
出國旅遊者的良伴。

（NEW）

袖珍英漢辭典

從日常生活詞彙、
時事用語到
最新的專業術語,
收錄詞條5萬8千,
輕巧又豐富。

（增訂完美版）

新英漢辭典

單易懂的重點整理,
加強片語並附例句說明用法,
是在學、進修的最佳選擇。

輕輕鬆鬆掌握學英語的竅訣
快快樂樂暢遊國際地球村

● **自然英語會話** 　大西泰斗/Paul C. McVay著

● **英文自然學習法一～三**
　　　　　　　　　　大西泰斗/Paul C. McVay著

MAD茉莉的文法冒險
大石健／Miguel Rivas－Micoud著

國家圖書館出版品預行編目資料

動態英語文法／阿部一著，張慧敏譯
--初版二刷--臺北市：三民，民89
　　面；　　公分
ISBN 957-14-2924-4（平裝）

1.英國語言-文法

805 16　　　　　　　　　　87016435

網際網路位址　http://www.sanmin.com.tw

© 動態英語文法

著作人　阿部一
譯　者　張慧敏
發行人　劉振強
產著作財
權人　三民書局股份有限公司
發行所　三民書局股份有限公司
　　　　地址／臺北市復興北路三八六號
　　　　電話／二五○○六六○○
　　　　郵撥／○○○九九九八──五號
印刷所　三民書局股份有限公司
門市部　復北店／臺北市復興北路三八六號
　　　　重南店／臺北市重慶南路一段六十一號
初版一刷　中華民國八十八年一月
初版二刷　中華民國八十九年十月
編　號　S 80211
基本定價　肆元肆角
行政院新聞局登記證局版臺業字第○二○○號

有著作權‧不准侵害

三民英漢辭典系列

三民英漢大辭典

林耀福等 主編 定價1500元

蒐羅字彙高達14萬字，片語數亦高達3萬6千。囊括各領域的新詞彙，為一部帶領您邁向廿一世紀的最佳工具書。

三民全球英漢辭典

莊信正、楊榮華 主編 定價1000元

全書詞條超過93,000項。釋義清晰明瞭，針對詞彙內涵作深入解析，是一本能有效提昇英語實力的好辭典。

三民廣解英漢辭典

謝國平 主編 定價1400元

收錄各種專門術語、時事用語達100,000字。例句豐富，並針對易錯文法、語法做深入淺出的解釋，是一部最符合英語學習者需求的辭典。

三民新英漢辭典

何萬順 主編 定價900元

收錄詞目增至67,500項。詳列原義、引申義，讓您確實掌握字義，加強活用能力。新增「搭配」欄，羅列慣用的詞語搭配用法，讓您輕鬆學習道地的英語。

三民新知英漢辭典

宋美璍、陳長房 主編
定價1000元

收錄中學、大專所需詞彙43,000字，總詞目多達60,000項。用來強調重要字彙多義性的「用法指引」，使讀者充份掌握主要用法及用例。是一本很生活、很實用的英漢辭典，讓您在生動、新穎的解說中快樂學習！

三民袖珍英漢辭典

謝國平、張寶燕 主編
定價280元

收錄詞條高達58,000字。從最新的專業術語、時事用詞到日常生活所需詞彙全數網羅。輕巧便利的口袋型設計，易於隨身攜帶。是一本專為需要經常查閱最新詞彙的您所設計的袖珍辭典。

三民簡明英漢辭典

宋美瑋、陳長房 主編
定價260元

收錄57,000字。口袋型設計，輕巧方便。常用字以＊特別標示，查閱更便捷。並附簡明英美地圖，是出國旅遊的良伴。

三民精解英漢辭典

何萬順 主編 定價500元

收錄詞條25,000字，以一般常用詞彙為主。以圖框針對句法結構、語法加以詳盡解說。全書雙色印刷，輔以豐富的漫畫式插圖，讓您在快樂的氣氛中學習。

謝國平 主編 定價350元

三民皇冠英漢辭典

明顯標示國中生必學的507個單字和最常犯的錯誤，說明詳盡，文字淺顯，是大學教授、中學老師一致肯定、推薦，最適合中學生和英語初學者使用的實用辭典！

莊信正、楊榮華 主編 定價580元

美國日常語辭典

自日常用品、飲食文化、文學、藝術、到常見俚語，本書廣泛收錄美國人生活各層面中經常使用的語彙，以求完整呈現美國真實面貌，讓您不只學好美語，更能進一步瞭解美國社會與文化。是一本能伴您暢遊美國的最佳工具書！

三民英漢辭典系列

San min English-Chinese Dictionary

三民英語學習系列